魔法科高中的劣等生 11

The irregular at magic high school

來訪者篇〈下〉

佐島 勤
Tsutomu Sato

illustration／石田可奈
Kana Ishida

illustrator assistant／ジミー・ストーン、末永康子

「我該怎麼稱呼你？」

司波達也

司波兄妹中的哥哥。國立魔法大學附設第一高中的學生，就讀一年E班。雖是被揶揄為「雜草」的二科生，但他是基於某個理由導致實技測驗評價過低。

琵庫希

Pixie

魔法科高中所擁有的家事輔助機器人。這具機械身體，現在寄宿著複製光井穗香情緒思考模式的「寄生物」。

『主人，三具「寄生物」接近中。』

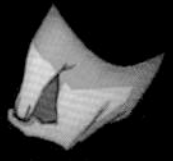

馬堤

Malte

來自異次元的「吸血鬼（寄生物）」。主體是源自精神的情報體，是必須擁有宿主的生物，基於原始的慾望……也就是保存物種的本能而行動。

「在妳入睡之前……
我就一直陪在妳身邊吧？」

司波深雪

司波兄妹中的妹妹。就讀一年A班，以首席身分就讀魔法科高中的高材生。是別名「花冠」的一科生。擅長領域為「冷卻魔法」。唯一的可愛缺點就是「重度的戀兄情結」。

「……可以請哥哥握著我的手嗎？」

「莉娜，妳退下！」
「哥哥！」

SILVER TRIDENT
「多管閒事！」
安潔莉娜・
庫都・希爾茲
Angelina Kudou Shields
從美國「交換留學」來到
魔法科高中的高中生。是
名擁有不世出的魔法技術
的金髮碧眼美少女。其真
實身分是美軍最強魔法師
安吉・希利鄔斯少校。

「吸血鬼（寄生物）」是什麼——？

●起源

寄生物被認定是源自精神的情報生命體。原本是在異次元形成的能量情報體，推測是北美利堅合眾國在德克薩斯州達拉斯郊外，進行微型黑洞製造與蒸發實驗時撼動次元之牆，導致寄生物入侵這個世界。

●命名由來

案發時，犧牲者沒有明顯外傷，體內卻失去大量血液，因而得名。並不是因為寄生物如同奇幻小說登場的「吸血鬼」一樣吸食人血，是進行自我增殖失敗的副作用。

●增殖程序

認定對方可能適任宿主之後，將會切除己身一小部分注入人體。分離的個體一邊吸收血液裡的想子與靈子，一邊沿著血管蔓延，將血液置換成自己，藉以滲透軀體。這個程序結束之後，甚至可以掌握宿主的情報體，也就是幽體……本應如此，但目前還沒有成功案例。

●目的

寄生物沒有所謂的指揮官，具備獨立思考能力卻共享意識。寄生物可以互相通訊，也能在某種程度的範圍掌握同伴的位置。若以生命體作為宿主，會受到宿主最原始慾望的影響。換言之，它們是基於「存活下去、繁殖同伴」的本能而行動。

●總數

來到這個世界的寄生物數量推測共十二具。個體增減如下所述：

莉娜在USNA本國處分三具（雖說如此，卻只是處分宿主，寄生物主體只有脫離宿主而成為精神體）。包含沙立文、米亞的九具逃亡至日本。為了調查另一件事而來到日本的莉娜，處分成為寄生物的沙立文，而米亞在魔法科高中校內自爆，接著另外七具皆由黑羽貢及其部下處分。另一方面，在USNA國內被處分的三具寄生物尋得宿主復活而來到日本。在日本被處分的九具嘗試復甦，除了琵庫希以外的八具順利復甦。後來達也等人和寄生物交戰時成功封印三具。雖然剩下八具，但封印的三具連同宿主被防諜第三課搶走，這三具寄生物再度復活。現餘十一具。

The irregular
at magic high school

背負某項缺陷的劣等生哥哥。
一切完美無瑕的優等生妹妹。
這對兄妹就讀魔法科高中之後，

風波不斷的每一天就此揭開序幕——

魔法科高中的劣等生 11

來訪者篇〈下〉

佐島 勤
Tsutomu Sato
illustration
石田可奈
Kana Ishida

Kadokawa Fantastic Novels

Character
登場角色介紹

司波達也

就讀於一年E班，被揶揄為
「雜草」的二科生（劣等生）。
達觀一切。

司波深雪

就讀於一年A班。達也的妹妹。
以首席成績入學的優等生。
擅長冷卻魔法，溺愛哥哥。

西城雷歐赫特

就讀於一年E班，達也的同班同學。
擅長硬化魔法，個性開朗。

千葉艾莉卡

達也的同班同學。
擅長劍術，可愛的闖禍大王。

柴田美月

就讀於一年E班，達也的同班同學。
罹患靈子放射光過敏症。
有點少根筋的認真少女。

吉田幹比古

就讀於一年E班，達也的同班同學。
出自古式魔法的名門。
從小就認識艾莉卡。

光井穗香

就讀於一年A班，深雪的同班同學。
擅長光波振動系魔法。
一旦擅自認定後就頗為一意孤行。

北山 雫

就讀於一年A班，深雪的同班同學。
擅長振動與加速系魔法。
情緒起伏鮮少展露於言表。

明智英美

就讀於一年B班，隔代混血兒。
全名是艾米莉雅．英美．
明智．格爾迪。

森崎 駿

就讀於一年A班，深雪的同班同學。
擅長高速操作CAD。
身為一科生的自尊強烈。

里美 昴

就讀於一年D班，
宛如美少年的少女。
個性開朗隨和。

十三束 鋼

就讀於一年B班。
「魔法格鬥武術」的高手，
別名「Range Zero」。

櫻小路紅葉

就讀於一年B班，
昴與艾咪的朋友。
便服是哥德蘿莉風格。
喜歡主題樂園。

七草真由美

三年級，前任學生會會長。
在魔法科學生之中，
實力為歷代最高等級。

中条 梓

二年級，繼真由美之後的
學生會會長。
生性膽小，
個性畏首畏尾。

市原鈴音

三年級，前任學生會會計。
冷靜沉著的智慧型人物。
真由美的左右手。

服部刑部少丞範藏

二年級，前任學生會副會長。
繼克人之後的社團聯盟總長。

渡邊摩利

三年級，前任風紀委員會委員長。
為真由美的好友，
各方面傾向好戰。

十文字克人

三年級。
前任社團聯盟總長。

辰巳鋼太郎

三年級，前任風紀委員。個性豪爽。

關本 勳

三年級，風紀委員會成員。
論文競賽校內審查第二名。

澤木 碧

二年級，風紀委員。
對女性化的名字耿耿於懷。

平河小春

三年級，以工程師身分參加九校戰。
主動放棄參加論文競賽。

平河千秋

就讀於一年G班。
敵視達也。

一条美登里

將輝的母親。
個性溫和，廚藝高明。

一条 茜

一条家長女，
將輝的妹妹。
有點早熟的小學生。

一条瑠璃

一条家次女，將輝的妹妹。
我行我素，行事可靠。

桐原武明

二年級。劍術社成員。
關東劍術大賽
國中組冠軍。

壬生紗耶香

二年級。劍道社成員。
劍道大賽國中女子組
全國亞軍。

五十里 啟

二年級，學生會會計。
魔法理論的成績
為全學年第一。
千代田花音的未婚夫。

千代田花音

二年級。繼摩利之後的
風紀委員長。
五十里啟的未婚妻。

一条將輝

第三高中的一年級學生。
參加九校戰。
「十師族」一条家的
繼承人。

吉祥寺真紅郎

第三高中的一年級學生。
參加九校戰。
以「始源喬治」的
別名眾所皆知。

風間玄信

陸軍101旅
獨立魔裝大隊隊長。
階級為少校。

真田繁留

陸軍101旅獨立魔裝大隊幹部。
階級為上尉。

柳 連

陸軍101旅獨立魔裝大隊幹部。
階級為上尉。

山中幸典

陸軍101旅獨立魔裝大隊幹部。
少校軍醫，一級治癒魔法師。

藤林響子

擔任風間副官的
女性軍官。
階級為少尉。

牛山

FLT的CAD開發第三課主任。
受到達也的信任。

九島 烈

被譽為世界最強魔法師之一的人物。
眾人尊稱為「宗師」。

安宿怜美

保健醫生。穩重溫柔的笑容
大受男學生歡迎。

廿樂計夫

擅長魔法幾何學的教師。
論文競賽的負責人。

小野 遙

一年E班的輔導老師。
生性容易被欺負，
卻有不為人知的另一面。

九重八雲

擅長古式魔法「忍術」。
達也的體術師父。

千葉壽和

千葉艾莉卡的大哥，
警察省國家公務員。
乍看之下像是遊手好閒的人。

千葉修次

千葉艾莉卡的二哥，
摩利的男友。
具備千刃流劍術免許皆傳資格。
別名「千葉的麒麟兒」。

安娜・羅瑟・鹿取

艾莉卡的母親。日德混血兒，
曾是艾莉卡的父親——
千葉家當家的「小妾」。

鈴

森崎拯救的少女。
全名是「孫美鈴」。
香港國際犯罪組織
「無頭龍」的新領袖。

陳祥山

大亞聯軍特殊作戰部隊隊長。
為人心狠手辣。

周

安排呂與陳來到日本的
俊美青年。

呂剛虎

大亞聯軍特殊作戰部隊的
王牌魔法師。
別名「食人虎」。

司波深夜

達也與深雪的母親。已故。
唯一擅長精神構造干涉魔法的
魔法師。

四葉真夜

達也與深雪的姨母。
深夜的雙胞胎妹妹。
四葉家現任當家。

櫻井穗波

深夜的「守護者」。已故。
受到基因操作，強化魔法
天分而成的調整體魔法師
「櫻」系列第一代。

葉山

服侍真夜的高齡管家。

黑羽貢

司波深夜、四葉真夜的表弟。
亞夜子、文彌的父親。

司波小百合

達也與深雪的後母。
厭惡兩人。

黑羽亞夜子

達也與深雪的從表妹。
和弟弟文彌是雙胞胎。

黑羽文彌

四葉下任當家候選人。
達也與深雪的從表弟。
和姊姊亞夜子是雙胞胎。

安潔莉娜・庫都・希爾茲

USNA魔法師部隊「STARS」的總隊長。
階級是少校。暱稱是莉娜。
也是戰略級魔法師「十三使徒」之一。

瓦吉妮雅・巴藍斯

USNA統合參謀總部情報部內部監察局第一副局長。
階級是上校。來到日本支援莉娜。

希兒薇雅・瑪裘利・法斯特

USNA魔法師部隊「STARS」的行星級魔法師。階級是准尉。
暱稱是希兒薇，姓氏來自軍用代號「第一水星」。
在日本執行作戰時，擔任希利鄔斯少校的輔佐。

班哲明・卡諾普斯

USNA魔法師部隊「STARS」第二把交椅。
階級是少校。希利鄔斯少校不在時的
代理總隊長。

米卡艾拉・弘格

USNA派到日本的間諜
（正職是國防總署的魔法研究人員）。
暱稱是米亞。

亞弗列德・佛瑪浩特

USNA魔法師部隊「STARS」的一等星魔法師。
階級是中尉。暱稱是弗列迪。

克蕾雅

獵人Q——沒能成為「STARS」的
魔法師部隊「STARDUST」的女兵。
Q意味著追蹤部隊的第17順位。

查爾斯・沙立文

USNA魔法師部隊「STARS」的衛星級魔法師。
別名「第二魔星」。

瑞琪兒

獵人R——沒能成為「STARS」的
魔法師部隊「STARDUST」的女兵。
R意味著追蹤部隊的第18順位。

雷蒙德・S・克拉克

雫留學的USNA柏克萊某高中的同學。
是名動不動就主動對雫示好的白人少年。

琵庫希

魔法科高中擁有的
家事輔助機器人。
正式名稱是3H（Humanoid Home Helper：
人型家事輔助機械）P94型。

Glossary
用語解說

一科生的徽章

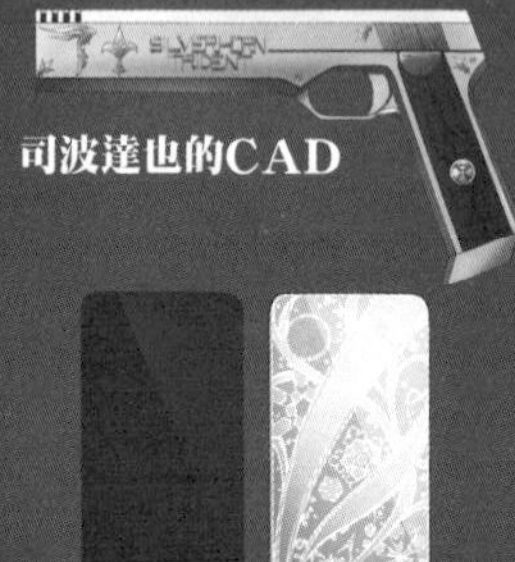
司波達也的CAD

司波深雪的CAD

魔法科高中
國立魔法大學附設高中的通稱，全國總共設立九所學校。
其中的第一至第三高中，每學年招收兩百名學生，
並且分為一科生與二科生。

花冠、雜草
第一高中用來形容一科生與二科生階級差異的隱語。
一科生制服的左胸口繡著以八枚花瓣組成的徽章，
不過二科生制服沒有。

CAD
簡化魔法發動程序的裝置，
內部儲存使用魔法所需的程式。
分成特化型與泛用型，外型也是各有不同。

Four Leaves Technology〔FLT〕
國內一家CAD製造公司。
原本該公司製造的魔法工學零件比成品有名，
但在開發「銀式」之後，
搖身一變成為知名的CAD製造公司。

托拉斯・西爾弗
短短一年就讓特化型CAD的軟體技術進步十年，
而為人所稱頌的天才技師。

Eidos〔個別情報體〕
原為希臘哲學用語。在現代魔法學，個別情報體指的是
「伴隨事物現象而來的情報」，是「事象」曾經存在於
「世界」的記錄，也可以說是「事象」留在「世界」的足跡。
依照現代魔法學的定義，「魔法」就是修改個別情報體，
藉以改寫個別情報體所代表的「事象」的技術。

Idea〔情報體次元〕
原為希臘哲學用語。在現代魔法學，情報體次元指的是「用來記錄個別情報體的平台」。
魔法的原始形態，就是將魔法式輸入這個名為「情報體次元」的平台，
改寫平台裡「個別情報體」的技術。

啟動式
為魔法的設計圖，用來構築魔法的程式。
啟動式的資料檔案，是以壓縮形式儲存在CAD，魔法師輸入想子波展開程式之後，
啟動式會依照資料內容轉換為訊號，並且回傳給魔法師。

想子
位於靈異現象次元的非物質粒子，記錄認知與思考結果的情報元素。
成為現代魔法理論基礎的「個別情報體」，成為現代魔法骨幹的「啟動式」和
「魔法式」技術，都是由想子建構而成。

靈子
位於靈異現象次元的非物質粒子。雖然已經確認其存在，但是形態與功能尚未解析成功。
一般的魔法師，頂多只能「感覺到」活化狀態的靈子。

魔法師
「魔法技能師」的簡稱。能將魔法施展到實用等級的人，統稱為魔法技能師。

魔法式
用來暫時改變伴隨事物現象而來的情報之情報體。由魔法師持有的想子構築而成。

魔法演算領域

構築魔法式的精神領域，也就是魔法資質的主體。該處位於魔法師的潛意識領域，魔法師平常可以意識到魔法演算領域並且使用，卻無法意識到內部的處理過程。對魔法師本人來說，魔法演算領域也堪稱是個黑盒子。

魔法式的輸出程序

❶從CAD接收啟動式，這個步驟稱為「讀取啟動式」。
❷在啟動式加入變數，送入魔法演算領域。
❸依照啟動式與變數構築魔法式。
❹將構築完成的魔法式，傳送到潛意識領域最上層暨意識領域最底層的「基幹」，從意識與潛意識之間的「閘門」輸出到情報體次元。
❺輸出到情報體次元的魔法式，會干涉指定座標的個別情報體進行改寫。

「實用等級」魔法師的標準，是在施展單一系統暨單一工序的魔法時，於半秒內完成這些程序。

魔法的評價基準（魔法力）

構築想子情報體的速度是魔法的處理能力、
構築情報體的規模上限是魔法的容納能力、
魔法式改寫個別情報體的強度是魔法的干涉能力，
這三項能力總稱為魔法力。

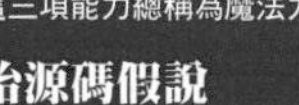

始源碼假說

主張「加速、加重、移動、振動、聚合、發散、吸收、釋放」四大系統八大種類的魔法，各自擁有正向與負向共計十六種基礎魔法式，以這十六種魔法式搭配組合，就能構築所有系統魔法的理論。

系統魔法

歸類為四大系統八大種類的魔法。

系統外魔法

並非操作物質現象，而是操作精神現象的魔法統稱。
從使喚靈異存在的神靈魔法、精靈魔法，或是讀心、靈魂出竅、意識操控等，包括的種類琳琅滿目。

十師族

日本最強的魔法師集團。一条、一之倉、一色、二木、二階堂、二瓶、三矢、三日月、四葉、五輪、五頭、五味、六塚、六角、六鄉、六本木、七草、七寶、七夕、七瀨、八代、八朔、八幡、九島、九鬼、九頭見、十文字、十山共二十八個家系，每四年召開一次「十師族甄選會議」，選出的十個家系就稱為「十師族」。

含數家系

如同「十師族」的姓氏有一到十的數字，「百家」之中的主流家系姓氏也有十一以上的數字，例如「『千』代田」、「『五十』里」、「『千』葉」家。
數字大小不代表實力強弱，但姓氏有數字就代表血統純正，可以作為推測魔法師實力的依據之一。

失數家系

亦被簡稱「失數」，是「數字」遭受剝奪的魔法師族群。
昔日魔法師被視為兵器暨實驗樣本的時候，評定為「成功案例」得到數字姓氏的魔法師，要是沒有立下「成功案例」應有的成績，就得接受這樣的烙印。

各式各樣的魔法

●悲嘆冥河
凍結精神的系統外魔法。凍結的精神無法命令肉體死亡，
中了這個魔法的對象，肉體將會隨著精神的「靜止」而停止、僵硬。
依照觀測，精神與肉體的相互作用，也可能導致部分肉體結晶化。

●地鳴
以獨立情報體「精靈」為媒介振動地面的古式魔法。

●術式解散
把建構魔法的魔法式，分解為構造無意義的想子粒子群的魔法。
魔法式作用於伴隨事象而來的情報體，基於這種性質，魔法式的情報結構一定會曝光，無法防止外力進行干涉。

●術式解體
將想子粒子群壓縮成塊，不經由情報體次元直接射向目標物引爆，摧毀目標物的啟動式或魔法式這種紀錄魔法的想子情報體，屬於無系統魔法。
即使歸類為魔法，但只是一種想子砲彈，結構不包含改變事象的魔法式，因此不受情報強化或領域干涉的影響。此外，砲彈本身的壓力也足以反彈演算干擾的影響。由於完全沒有物理作用力，任何障礙物都無法防堵。

●地雷原
泥土、岩石、砂子、水泥，不拘任何材質，
總之只要是具備「地面」概念的固體，就能施以強力振動的魔法。

●地裂
由獨立情報體「精靈」為媒介，以線形壓潰地面，
使地面乍看之下彷彿裂開的魔法。

●乾冰雹暴
聚集空氣中的二氧化碳製作成乾冰粒，
將凍結過程剩餘的熱能轉換為動能，高速射出乾冰粒的魔法。

●迅襲雷蛇
在「乾冰雹暴」製造乾冰顆粒時，凝結乾冰氣化產生的水蒸氣，
溶入二氧化碳氣體使其形成高導電霧，再以振動系與釋放系魔法產生摩擦靜電。以溶入碳酸的水霧或水滴為導線，朝對方施展電擊的組合魔法。

●冰霧神域
振動減速系廣域魔法。冷卻大容積的空氣並操縱其移動，
造成廣範圍的凍結效果。
簡單來說，就像是製造超大冰箱一樣。
發動時產生的白霧，是在空中凍結的冰或乾冰。
但要是提升層級，有時也會混入凝結為液態氮的霧。

●爆裂
將目標物內部液體氣化的發散系魔法。
如果是生物就是體液氣化導致身體破裂，
如果是以內燃機為動力的機械就是燃料氣化爆炸。
燃料電池也不例外。即使沒有搭載可燃的燃料，無論是電池液、油壓液、冷卻液或潤滑液，世間沒有機械不搭載任何液體，因此只要「爆裂」發動，幾乎所有機械都會毀損而停止運作。

●亂髮
不是指定角度改變風向，而是為了造成「絆腳」的含糊結果操作氣流，以極接近地面的氣流促使草葉纏住對方雙腳的古式魔法。只能在草長得夠高的原野使用。

魔法劍

使用魔法的戰鬥方式，除了以魔法本身為武器作戰，還有以魔法強化、操作武器的技術。
以魔法配合槍、弓箭等射擊武器的術式為主流，不過在日本，劍技與魔法組合而成的「劍術」也很發達。
現代魔法與古式魔法兩種領域，都開發出堪稱「魔法劍」的專用魔法。

1.高頻刃
高速振動刀身，接觸物體時傳導超越分子結合力的振動，將固體局部液化之後斬斷的魔法。和防止刀身自我毀壞的術式配套使用。

2.壓斬
使劍尖朝揮砍方向的水平兩側產生排斥力，將劍刃接觸的物體像是左右推壓般割斷的魔法。排斥力場細得未滿一公釐，強度卻足以影響光波，因此從正面看劍尖是一條黑線。

3.童子斬
被視為源氏秘劍而相傳至今的古式魔法。遙控兩把刀再加上手上的刀，以三把刀包圍對手並同時砍下的魔法劍技。以同音的「童子斬」隱藏原本「同時斬」的意義。

4.斬鐵
千葉一門的祕劍。不是將刀視為鋼塊或鐵塊，而是定義為「刀」這種單一概念，依循魔法式所設定的刀路而動的移動系統魔法。被定義為單一概念的「刀」如同單分子結晶之刃，不會折斷、彎曲或缺角，將會沿著刀路劈開所有物體。

5.迅雷斬鐵
以專用武裝演算裝置「雷丸」施展的「斬鐵」進化型。將刀與劍士定義為單一集合概念，因此從接觸敵人到出招的一連串動作，都能毫無誤差地高速執行。

6.山怒濤
以全長一八〇公分的大型專用武器「大蛇丸」所施展的千葉一門的祕劍。將己身與刀的慣性減低到極限並高速接近對手，在交鋒瞬間將至今消除的慣性疊加，提升刀身慣性後砍向對方。這股偽造的慣性質量和助跑距離成正比，最高可達十噸。

7.薄翼蜻蜓
將奈米碳管編織為厚度十億分之五公尺的極致薄膜，再以硬化魔法固定為全平面而化為刀刃的魔法。薄翼蜻蜓製成的刀身比任何刀劍或剃刀都要銳利，但術式不支援揮刀動作，因此術士必須具備足夠的刀劍造詣與臂力。

戰略級魔法師——十三使徒

　　現代魔法是在高度科技之中培育而成，因此能開發強力軍事魔法的國家有限，導致只有少數國家能開發匹敵大規模破壞兵器的戰略級魔法。

　　不過，開發成功的魔法會提供給同盟國，高度適合使用戰略級魔法的同盟國魔法師，也可能被認證為戰略級魔法師。

　　在2095年4月，各國認定適合使用戰略級魔法，並且對外公開身分的魔法師共十三名。他們被稱為「十三使徒」，公認是世界軍事平衡的重要因素。

　　十三使徒的國籍、姓名與戰略級魔法名稱如下所述：

USNA
安吉．希利鄔斯：「重金屬爆散」
艾里歐特．米勒：「利維坦」
羅蘭．巴特：「利維坦」
※其中只有安吉．希利鄔斯任職於STARS。艾里歐特．米勒位於阿拉斯加基地，羅蘭．巴特位於國外的直布羅陀基地，兩人基本上不會出動。

新蘇維埃聯邦
伊果．安德烈維齊．貝佐布拉佐夫：
「水霧炸彈」
列昂尼德．肯德拉切科：
「大地紅軍」
※肯德拉切科年事已高，基本上不會離開黑海基地。

大亞細亞聯盟
劉雲德：「霹靂塔」
※劉雲德已於2095年10月31日的對日戰鬥中戰死。

印度、波斯聯邦
巴拉特．錢德勒．坎恩：
「神焰沉爆」

日本
五輪 澪：「深淵」

巴西
米吉爾．迪亞斯：「同步線性融合」
※魔法式為USNA提供。

英國
威廉．馬克羅德：「臭氧循環」

德國
卡拉．施米特：「臭氧循環」
※臭氧循環的原型，是分裂前的歐盟因應臭氧層破洞而共同研發的魔法。後來由英國完成，依照協定向前歐盟各國公開魔法式。

土耳其
阿里．夏亨：「巴哈姆特」
※魔法式為USNA與日本所共同開發完成，由日本主導提供。

泰國
梭姆．查伊．班納克：「神焰沉爆」
※魔法式為印度、波斯聯邦提供。

「——如何，妳不覺得很過分嗎？我那樣根本淪為笑柄，臉都丟光了！」

少女語氣高亢，光聽就知道激動不已。

『……這已經是第四次了。』

回應她的也是少女的聲音，聽起來很睏。

以電話交談的兩人，在心理層面有著盛夏與隆冬的溫差。

但這或許也在所難免。穗香有激動的理由，雫也有要求滿足睡眠慾的理由。

穗香激動的理由，是隱藏在自己內心的愛慕被揭發。不只是單純的喜歡或愛戀，是想奉獻自己的一切，連她自己也「有些」覺得「可能」和時代不符又過於沉重的心意。自己說不出口的愛慕心意由「他人」親口說出來，光是這樣就很丟臉，而且不只是在心儀對象面前，還是在大庭廣眾之下被揭發，穗香難免羞恥到無處自容。代為表達自己心意的不是人類，是寄生物附身的侍女機器人，這對穗香無法造成任何慰藉。

「讓我講有什麼關係，畢竟我就是這麼難為情。」

鬧彆扭的聲音隱約透露向對方撒嬌的心態。穗香撇過頭去，畫面裡的雫輕輕嘆口氣。

『這我明白，所以希望妳也明白我的狀況。妳以為現在幾點？』

另一方面，雫主張「想睡」的理由，單純在於時間……更正，時差問題。指針式的擺飾型時鐘，隨著雫這番話占滿整個畫面。古典蔓草花紋設計的時針位於鐘面的Ⅳ與Ⅴ中間。東京與柏克萊（加利福尼亞州）的時差是七小時。如果東京是晚間九點半，柏克萊就是凌晨四點半。

『希望妳至少可以多等兩小時。』

雫會感慨地低語也可說是理所當然。她的雙眼像是隨時會閉上。就算是如此激動的穗香，也還是露出了愧疚表情，縮起上半身。

「別看我這樣，我已經等一小時了……」

穗香如此辯解。雫眨著惺忪雙眼，將死心的念頭轉換為嘆息吐出。

『妳這種個性，從以前就完全沒變……』

「抱歉，總是造成妳的困擾……」

『不會困擾……只要注意一下時間就好。』

「嗚……對不起……」

穗香再也說不出藉口。雫隔著畫面看著她，再度嘆氣。這次似乎連同嘆氣排出睡意，雫除了眼睛只睜開一半，表情看起來相當振作。

『不過，以結果來說或許很好。』

聲音缺乏抑揚頓挫——這是一如往常，但發音變得清晰。

「很好什麼？什麼很好？一點都不好！」

雫這番話要當成安慰似乎過於冷淡。穗香忘記至今的沮喪，猛然頂撞。

『但妳不敢親口說吧？』

不過，雫也不是抱持隨便的心態說出「很好」。不知道是因為語氣，還是因為話語別有含意，使得穗香的抗議僅此一次。

『妳自覺過度依賴吧？』

「這種事……」

穗香反射性地想否認，但大概是覺得自己也無法完全否認吧。穗香的反駁說到一半就越來越小聲，從雫隔著畫面筆直注視她的雙眼（不過眼皮半閉）移開目光。

『穗香，妳也不想想我們交情多久了。』

此時，雫以溫柔勸誡的語氣再度確認。

「……因為這也沒辦法吧。」

穗香以像是認命、看開的聲音，承認雫的指摘。

「因為我具備『元素家系』的血統。」

連個性都會寫進基因？雫每次都感到疑問，但爭辯這種事也沒有任何意義。何況她早就知道無須議論。

『現在不是要討論想要依賴他人是對是錯。我認為如果世上盡是不依賴他人，只想掌握主導權的領導者，這個世界就無法好好運作。』

並不是在責備。好友這番話，使得穗香有些猶豫地移回視線。

『我的意思是，達也同學是很適合穗香依賴的對象。』

雫隔著鏡頭和穗香目光相對，以詳細囑咐的語氣一字一句告知。

「是……嗎？」

『嗯。』

穗香戰戰兢兢地詢問，對此雫毫無迷惘地點頭回應。

『我覺得達也同學這個人基本上，他人要求多少，他就只會回應多少。相對的，他會確實回應他人的要求。』

「意思是必須明講，他才會明白？」

『是的。而且他在那方面肯定很淡泊。』

「那個，意思是……？」

穗香戰戰兢兢地反問。

『意思是妳即使對他言聽計從，他也不會硬是對妳做色色的事。』

雫的回應非常率直——講難聽一點就是露骨。

穗香的臉越來越紅。

只是即使臉紅，卻也窺視得到些許遺憾的表情。

『或許穗香希望他稍微強硬地求愛吧。』

「雫！」

穗香拉大嗓門瞪向畫面。但畫面只映出雫「因為這是真的」的表情。

「真是的！」

即使穗香鬧彆扭，別過頭去——

『…………』

「…………雫。」

依然是穗香先舉白旗。

「我該怎麼做？」

『只能變得積極。』

雫也沒有豐富的戀愛經驗。甚至堪稱經驗少於這個國家、這個時代青少女的平均值。即使如此，她還是刻意簡短斷言，推這個想太多而陷入死胡同的好友一把。

「我自認現在也努力積極以赴……」

『不能只有自認。情敵太棘手了。』

「情敵是……？」

『要贏深雪很難。』

「深雪？可是，深雪和達也同學是……」

『是兄妹。那又如何？』

穗香基於常識的反駁，被雫一語駁回。「那又如何」這句話隱藏著「事到如今講這什麼話，妳應該早就明白這種事」的意思。

「怎麼這樣……可是，這……」

穗香以受到打擊的表情，朝鏡頭搖了搖頭。但在來往已久的雫眼中，只像是她「自以為受到了打擊」。

『穗香並不是想和達也同學親熱才交往吧？』

「那……那當然！是啦，我並不是完全沒興趣，可是……」

穗香開始忸忸怩怩。雫在畫面另一邊投以「這傢伙在說什麼？」的眼神。但若在這時沉默，是雫會感到不自在。於是她強行整理話題出擊。

『只有在做這種事的時候，血緣才會成為阻礙。如果光是相伴就滿足，血緣不會成為任何障我問過深雪。』

「……問什麼？」

不想知道，卻不得不問……穗香以這樣的表情回問。

『問她對達也同學的感覺。』

「……答案是？」

『深雪說是愛。』

「這樣啊……果然……」

穗香臉色蒼白，但依然沒有發出哀號，取而代之的是喃喃低語。

『她說不是愛情，是親情。』

「……是嗎？」

『她說這不是女生喜歡男生的情感。但似乎不只是「妹妹對哥哥」的愛。』

「？」

不過，關於雫補充的這個情報，穗香似乎難以決定如何解釋。

『可是……』

「可是？」

雫猶豫地欲言又止，穗香以不同語氣回以相同話語催促。

『我覺得這是深雪自己也沒察覺的藉口，她果然是以女生的立場喜歡達也同學。』

雫接下來這段話，是毫不遲疑的果斷推測。

「雫也這麼認為啊……」

雫的推測和世間常識稍微（？）相異，但穗香沒有異議。

『嗯。所以我覺得在她察覺之前是勝負關鍵。』

「什麼意思？」

如此回問的穗香，並不是在裝傻。

『穗香得在深雪坦然面對之前，成為達也同學的第一順位。』

但穗香親耳聽到成形的話語，就覺得「深雪坦然面對」是一種很可能實現的未來。這個可能性沉重地壓在自己頭上。

「這我做不到啦……」

『等真正不行時再放棄。這次的事件是一場災難，但我覺得可以用來表達心意。』

穗香垂頭喪氣地低語。雫給予稍微加把勁（當事人自認是鼓足幹勁）的激勵。

「對達也同學表達？」

『對。既然這樣，全部講明算了。』

「會被嫌煩嗎……」

『放心。達也同學肯定不會感到負擔。』

不過，這番話並非一時的安慰。雖然這種信任很奇妙，但雫認真這麼認為。

◇　◇　◇

剛好就在雫慫恿穗香的這時候……

達也正在和變身為「安吉·希利鄔斯」的莉娜對峙。

深紅頭髮、金色雙眼。即使都是幌子，但長相與身高都改變，看起來實在不像和莉娜是同一人。這樣看來，即使不以面具遮臉，不知情的人應該不會將「安吉·希利鄔斯」和「安潔莉娜·希爾茲」聯想在一起。甚至讓人覺得別以面具遮臉，反而能更有效地隱藏真實身分。

達也提高警覺觀察莉娜的身影。他這半個月也並非在玩樂，而是以八雲的「纏衣」為練習對象，擬定情報篡改魔法「扮裝行列」的對策至今。

或許是修行的成果，達也知道莉娜現在的「扮裝行列」效果僅止於變更外表，沒有改寫座標情報。依照這種感覺，即使對方竄改座標，達也認為自己也能確實瞄準。

只不過，現狀對他來說也不樂觀。莉娜只偽造外表，應該不是因為從容或大意，反倒是因為沒有餘力。莉娜沒能改寫座標情報，肯定是無法確保改寫所需的魔法力。

（換句話說，現在的魔法需要此等魔法容納力。）

USNA最精銳的魔法師部隊「STARS」首席榮獲的代號──「天狼星」。這代表莉娜是USNA具備最強魔法力的魔法師。這個魔法迫使她非得將魔法資源集中到這種程度。

撕裂夜空黑暗襲擊達也與千葉修次的閃耀光線。那個攻擊的真面目，恐怕是高能電漿光束。

既然這樣，製作這種光束的魔法名為──

（應該沒錯。那是「重金屬爆散」。）

十三使徒安吉·希利鄔斯的戰略級魔法「重金屬爆散」。使重金屬轉變為高能電漿，將氣化、電漿化過程提升的壓力，以及陽離子間的電磁排斥力進一步增幅，朝廣範圍釋放的魔法。

話說回來，將物質化為電漿的魔法，除了安吉·希利鄔斯還有不少人能使用。但如果只是電解原子，就整體來看，產生的電漿電流處於中和狀態，因此不會產生排斥力。之所以只有安吉·希利鄔斯能使用「重金屬爆散」，不只是她的魔法規模與速度勝過他人，也是因為唯有她能維持物質電漿化，只將電子排出電漿雲外。

然而，「重金屬爆散」理應是以高能電漿為爆炸中心，朝全方位釋放威力的魔法。襲擊千葉修次的電漿卻是具備指向性的光束。

（不只是聚合。有效射程……擴散範圍也在控制之中。）

修次架開的電漿光束沒有損毀路邊建築物，是因為電漿沒射到那麼遠。不曉得是術式設定為電漿會失去能量，還是光束終點設定了制動用的力場。

怎麼樣才做得到這種事？雖然只看一次無法確定，但恐怕是——

（那根「手杖」嗎……）

應該是莉娜手中那根陌生手杖，將這種事化為可能。那個大概是……不，肯定是USNA開發的術式輔助裝置。如果所處立場不同，想必達也會對這個高超的技術讚不絕口。

（但現在是最高等級的威脅。）

達也雖然沒能解析控制電漿流的系統，卻不是一無所知。只要再「看」一次就能擬定對策。這是一廂情願？達也自己立刻否定這種思維。這種時候膽怯毫無助益。

問題反而在於……

（直接中招之後，是否還殘留反擊的餘力。）

就某種意義上而言，達也面對物理攻擊具備無限的再生能力，但他能做的始終是「重組」，而不是「防禦」。

這裡的「無限」指的是損傷程度，不是次數。

剛才的光束比光速差得遠。最快速度是光速的三分之一，甚至不如從形成到落雷平均約音速六百倍的雷電。頂多是音速的一百倍左右。

即使如此，穿越現在的間距——六十公尺的距離也不用二毫秒。這和一瞬間同義。不可能在看見之後閃躲。

然而……

（以這種速度移動實體物質，即使只是稀薄的氣體，也應該會產生強烈衝擊波才對。既然沒產生衝擊波，無疑代表她預先建立了通道。）

若能察知這條「通道」的生成，就可以躲避射線。

達也動員所有知覺瞪向莉娜。

區隔黑暗的路燈下方，莉娜從達也的視線移開目光，輕盈轉身後回頭一瞥，淺淺微笑。

這明顯是在引誘。

達也遲疑了。

這的的確確是陷阱，但說到陷阱，達也早已入虎穴。

即使不赴約，他也不認為能全身而退。

就算是為了讓對方的如意算盤落空，也絕對不能在這種地方交火。

達也難以抉擇該怎麼做的時候，莉娜在他的眼前輕輕蹬地。

這成為斬斷迷惘的契機。

深紅頭髮的她與其說是奔跑，更像是以跳躍的方式高速遠離。

達也將全身抽搐、進退兩難的修次留在原地後，和莉娜一樣發動了重力控制魔法，追著她的身影而去。

◇  

「希利鄔斯少校接觸目標！」

「有回應嗎？」

「沒有！」

USNA軍設於空殼企業日本分公司內部的祕密指揮管制室，陷入某種恐慌狀態。

逮捕作戰從第一步就被迫變更，但瓦吉妮雅·巴藍斯的手下，不會因為這種程度的小差錯就亂了手腳。

疑似日本軍方特務的戰鬥人員介入，反倒正如他們的預料。

原因在於別處。

莉娜擅離崗位是混亂的開始。

STARS總隊長「天狼星」享有單獨行動的權限，所以無法斷言她違反軍令。但現在正在進行團隊作戰。即使獲准單獨行動，也不代表可以為所欲為。

此外，交由莉娜自行判斷布里歐奈克使用時機的人是巴藍斯沒錯，但莉娜在馬路正中央使用魔法，也完全超乎她的預料。

「目標開始追蹤希利鄔斯少校。」

新的報告，使得管制室的氣氛稍微恢復穩定。

包含回收STARDUST在內，光是想到該做的善後工作就頭痛。但總之作戰回到當初擬定的劇本了——除了巴藍斯上校，所有人都這麼認為。

（應該徹底遵守作戰中止條件嗎……）

「派出中繼車。」

上校有效壓抑情緒，以絲毫沒讓人察覺內心煩躁的聲音，對管制員下令。

◇　◇　◇

燈光看似照亮城鎮每個角落，光芒卻會在某些地方忽地中斷。

名為東京的不夜城所誕生，黑色的空白地帶。

達也接受引導抵達的公園，也位於市區燈火的夾縫。

不，這裡與其說是公園，或許更像一片空地。雖然圍籬經過修整，但別說遊樂器材，連長椅都沒有。路燈設置的數量也聊勝於無。大概是戰時確保為防災空地的公有土地，在重新開發的過程中遭到閒置。

莉娜在零星路燈下方展現金黃色的秀髮。

頭上披著如同疊加其上的黑暗。

今晚原本就是不見星月的陰天，但一眼就看得出絕對不只是這個因素。

遮蔽監視衛星與對流層平台監視器的光學系魔法正在運作。

這裡是敵方的包圍網。

達也是明知山有虎偏向虎山行，所以如今並不會驚訝或著急。比起這件事，這裡除了遮蔽魔法，沒有其他魔法使用過的痕跡，更令達也感到意外。

（討厭魔法互相干涉嗎……）

換句話說，莉娜準備使用的魔法，對她來說也是相當高階的術式，強力到讓友軍覺得與其集體攻擊，交給她獨自攻擊更加有效。

之所以解除幻影，恐怕也是為了專注行使攻擊術式。

（果然是「重金屬爆散」。）

「達也。」

達也再次堅信莉娜將使用何種底牌時，莉娜開口了。

「我沒想到你滿不在乎就跟來了。」

「因為要是被死纏著不放，我會很困擾。」

莉娜聽到他瞧不起人的回應，露出刻薄的笑容。

「真有自信。不過，你只有這次是過度自滿喔。」

莉娜將手杖夾在腋下朝向達也。

「達也，乖乖投降吧。我不曉得你是使用了何種手段讓魔法失效，但你沒辦法癱瘓這把布里歐奈克。」

對於莉娜來說，這句話就只是勸降而已。

（布里歐奈克……Brionake？「布里歐納克[Brionac]」嗎？）

然而達也以她這番話為線索，將腦中的拼圖組合到即將完成。

名字具備意義。

在物品完成之後才取的名字，大多會顯示其屬性的一部分。

達也的注意力用在觀察與思考，忘記回應莉娜的勸告。

莉娜將其解釋為拒絕。

不能批判她急於下定論。

雖說不小心忘記設定回答時限，但依照習慣，以沉默回應勸降就代表拒絕。

莉娜握住從手杖水平延伸出來的短棍一側。

這個元件肯定擔負著握柄的職責。

雙重螺旋的想子光，行經布里歐奈克下段三分之二，長八十公分的細長棍棒。接著在布里歐奈克上段變粗的三分之一，握柄前方四十公分長的圓筒裡，瞬間構築魔法式。感應到動靜的達也試圖發動術式解散——但他領悟到來不及而中斷。

手杖前端燦爛閃耀。

壓縮得細長的光束，擦過達也的右手臂。

明明只是擦過——但達也的右手肘以下炭化消散。

衝擊造成身體扭動。

達也委身並利用這股力道，撲進後方的圍籬。

莉娜放開握柄，將布里歐奈克當成長兵器，架起來往前衝。

拉近間距，朝達也藏身的圍籬水平揮出。

圍籬的灌木叢立刻燃燒飛散——僅有灌木。

電漿沒命中後方的達也。

達也按著右肩，側身將右半身藏在後方並且單腳跪地。釋放光輝的電漿刃，在他視線前方如

同幻影般消失。

「布里歐奈克……『貫穿』之意的布里歐納克。凱爾特神話的光之神『魯格』擁有的武器之一。這個名稱意味著神話武器重現？」

達也維持跪姿，詢問走過來的莉娜。

語氣沒有透露出痛苦，莉娜心想，應該是因為他很耐痛吧。

對於接受過反拷問訓練的特殊士兵來說並不稀奇。

「達也，你明明處於生死關頭，卻在意這種事？」

魔法式再度在手杖中瞬間發動。

將塞進杖內成形的金屬粉末，分解為高能電漿的魔法。

以魔法創造的「高能電漿」這個事象，在包覆的容器裡依照莉娜的意志變形。

電擊與灼熱之刃抵在達也鼻頭前方，他腦中最後一塊思緒拼圖拼合了。

「當然在意。人們總是想讓名字具備意義。相傳布里歐納克是產生閃耀槍尖貫穿對手的槍、自在飛旋的槍或是光彈。在這個場合的重點應該是『自在』。」

「模擬神話武器的仿造神器——布里歐奈克。」

「ＦＡＥ理論居然已經進入了實用階段……ＵＳＮＡ的技術能力真了不起。」

莉娜至此都是興趣缺缺地聽達也說話，但「ＦＡＥ」一詞令她睜大眼睛、繃緊表情。

「……你為什麼知道ＦＡＥ理論？」

達也看見莉娜驚訝的樣子，也表現出意外感。

「沒什麼好奇怪吧。因為ＦＡＥ理論原本是美日共同研究提出的假設。」

「那是極機密研究！而且應該是已經作廢的研究！」

「但實際上沒作廢。妳手中那把仿造神器就是鐵證吧？」

達也注視著莉娜手中的布里歐奈克。

「ＦＡＥ——Free After Execution。」

他感觸良多地說出全名。

「日語叫作『後發事象可變理論』，但Free After Execution較為清楚地解釋內容。以魔法改寫而成的事象，原本是這個世界不應有的事象，因此改寫之後受到的物理法則束縛較為寬鬆。或許換個說法也行。物理法則作用於魔法生成的事象時，存在著極短的時間延遲。」

如同在講課的這段突兀解說，在激戰中打造出奇妙的空白。

「依照ＦＡＥ理論，魔法製作的電漿，可以輕易對理應毫無秩序擴散的動量賦予指向性，也可以無視於原本的冷卻速度，在任何時候從高溫狀態恢復常溫而使其無害。甚至可以抑制擴散性質，維持固定的形狀。就像妳這樣。」

莉娜忘記打斷達也滔滔不絕的說明，只是緊握布里歐奈克的握柄。

「但依照ＦＡＥ理論的假設，物理法則產生作用的延遲只有一瞬間。在這麼短的時間內，剛發動魔法結束的魔法師，一般認為不可能對被創造出來的事象賦予新的定義。」

此時，達也露出像是感到無奈的表情。

「這是當然的。人類不可能在不滿一毫秒的時間內定義事象。」

然後，他臉上露出毫不虛假的感嘆。

「沒想到……居然在隔絕世界物理法則影響的結界容器裡執行魔法，藉以延長物理法則作用的時間延遲。」

這是達也身為立志走上科學之路的少年，毫不矯飾的情感表露。

「我就率直稱讚、誠心佩服吧。製作這把『布里歐奈克』的人物，是真正的天才。」

「達也！」

聽達也話語聽到入神的莉娜突然大喊。她緊握電漿之刃消失的布里歐奈克握柄，再度擺出砲擊姿勢，打斷達也的話語——聲音聽起來像是勉強激發逐漸失去的鬥志。

「我再說一次。給我投降！獨臂的你無法使用擅長的武術，你已經沒有勝算了！」

達也聽到莉娜的叫喊，露出刻薄的笑容。這是比莉娜剛才露出的笑容更超脫凡人，令人毛骨悚然的笑容。

「妳抓住我之後想做什麼？」

不過，達也的聲音和表情不同，沒有冷漠。

「進行人體實驗？」

反倒是甜蜜糾纏，溫柔揭發他人的惡行。

「和那些傢伙一樣？」

彷彿惡魔的呢喃。

很不幸，莉娜聰明到足以理解他說的「那些傢伙」是指STARDUST。緊張與衝擊的相乘效果，使得莉娜臉上失去血色。

「雖然理所當然……但我拒絕成為白老鼠。」

「既然這樣，我就將你打到不能動再帶走！」

布里歐奈克的前端，在極近距離指向單腳跪地的達也腿部。

達也將手槍造型ＣＡＤ——銀鏃改造機「三尖戟」插入布里歐奈克圓筒狀的前端。

他使用的，是本應已燒燬的右手。

「你的手？」

莉娜放聲尖叫。

尖叫導致術式發動較慢。

達也的魔法已經構築完成。

插進去的ＣＡＤ「槍身」——瞄準輔助機構，引導準心對準結界容器內部。

充盈ＵＳＮＡ最強魔法師「天狼星」之力的仿造神器裡，分解魔法「雲消霧散」發動。

布里歐奈克的圓筒狀前端，劇烈噴出化為常溫氣體的金屬粒子。

達也的右手輸給氣壓，三尖戟被震飛。

然而，莉娜受到的影響比較嚴重。

緊握握柄造成反效果。

出乎意料的噴射反作用力，使得莉娜連同布里歐奈克震向後方。

摔落地面的衝擊，撼動莉娜身上的情報強化裝甲。

達也顧不得撿起三尖戟就發動「重組」。

ＣＡＤ構造情報、以己身為基點的相對座標情報受到復原，於是三尖戟以修復完成的狀態回到他手中。

達也六連射的「分解」，癱瘓莉娜的魔法防禦，貫穿她的四肢。雙臂與雙腿的根部，開出像是被針貫穿的小洞。

四個微小的傷，對莉娜造成等同於直接以銼刀削磨神經的劇痛。

來不及以慘叫表現痛楚，心理的斷路器就發揮作用。

莉娜的意識被白色的黑暗吞噬。

◇◇◇

「……莉娜。」

完成「某件工作」回到莉娜身旁的達也，俯視依然昏迷無力地橫躺在地的她。即使知道她聽不見，依然對她低語。

「妳最好立刻退役。」

剛才那場戰鬥，是因為她的天真而得救。

如果只考量戰力，達也應該會更加陷入苦戰。

右手被打成焦炭的第一記，達也之所以會中斷發動情報解散，是避免破壞聚合光束的情報構造，導致電漿擴散造成更大的打擊。要是一開始就降低第一記的聚合度，使得電漿的攻擊更加擴散，達也應該不只是右手，而是半邊身體被燒燬而失去自由。即使如此，他當然也可以瞬間恢復肉體，但這樣就無法使用致勝招式，也就是將右手當成變魔術的要素偷襲莉娜。

說到「一開始」，莉娜不應該為了避免砲擊時造成二度損害，插入製作「通道」的多餘工序。沿著射線產生的衝擊波，肯定也能造成傷害，阻止達也反擊。

除去圍籬的時候，莉娜也不應該避免傷害達也。要剝奪敵方的抵抗力，逐漸累積傷害是基本原則才對。

莉娜也沒必要配合聆聽ＦＡＥ理論的長篇大論。即使祕密武器的運作原理被拆穿，她也完全沒有理由非得亂了分寸。

最後的攻擊不應該瞄準腿部，而是將威力調節到僅止於燒灼皮膚表面而釋放。改變布里歐奈克的方向，使她損失了關鍵時間。移動布里歐奈克造成的延遲，比她驚訝於達也右手再生的延遲更加致命。

「STARS總隊長『天狼星』……我不認為這是適合妳的工作。」

達也扛起莉娜，再度低聲說出這段話。

14

張開雙眼時映入眼簾的，是熟悉的大型廂型車（移動中繼基地）車頂。

如同溫水的凝滯空氣纏附在肌膚。

不過，要是被扔在那樣的寒空底下畢竟還是會感冒，不滿於通風不良是一種奢求……莉娜如此心想。

莉娜在半昏半醒的狀態環視兩側。

這個動作並非基於某種明顯目的……但突兀感在她心中逐漸膨脹。

某件事不對勁。

莉娜想到哪件事不對勁之後，殘留在體內的睡意一掃而空。

「完全沒人……？」

頭腦清醒之後，就知道這是無須思索的離譜狀況。這輛大型廂型車本身是以「也能當成露營車」為賣點，但她們可不是來玩的。

若是遭遇意外，應該會有人下車察看狀況。

莉娜被打倒本身就是很嚴重的意外。很有可能基於偵查、援護、救出等複數目的，將人員分派出去。

然而，不可能所有人同時離開。

（為什麼？）

眾人應該不會同時基於自己的意志放棄移動中繼基地。

既然這樣，就是某人將他們……

莉娜驚覺不對，前往行車情報系統的儀表板。她回想起車內狀況隨時都錄影存證。雖然這個規定令人感到拘束，但現在得仰賴這份記錄。總之莉娜決定從十分鐘前播放影像。

——螢幕沒映出任何影像。

（咦？）

出乎意料的結果，使莉娜張大雙眼與嘴巴愣住。明明沒人在看，卻在下一瞬間露出掩飾的笑容。她以為自己操作儀表板的程序出錯。

她這次再度慎重地將播放時間設定為十分鐘前。

——還是沒映出任何影像。

將指令變更為從現在開始四倍速倒轉播放。變更為兩倍速倒轉播放。將播放開始時間點變更為一小時前、兩小時前、三小時前。

所有結果都一樣。錄影資料已被刪除。

莉娜連忙檢視車內監視器以外的資料，但所有儲存裝置都是空的。包含行車用的資料在內，所有資料完全被刪除。

拚命敲打著按鍵的莉娜，突然重重拍向儀表板。手掌與手指隱隱作痛，但她內心煩躁到不在乎這種事。

（對了，得回報管制室。）

然而，莉娜再度淪落為氣急敗壞的下場。

通訊機器也全部以外部看不出來的形式被巧妙破壞。

莉娜以手掌拍打儀表板第二次、第三次，然後無力地坐下。

雙手麻痺，微微發熱。

她緩緩舉起手，以雙眼檢視是否受傷。

幸好沒有任何地方流血。

居然歇斯底里地自殘，幼稚也該要有個限度。這種丟臉的模樣沒被他人看見，讓莉娜稍微鬆了一口氣。

她心情稍微平復之後——察覺到更強烈的突兀感。

「沒有傷……也沒有痛楚？」

她先伸手撫摸雙腿，再交互撫摸左右肩頭。

但是，曾經令她劇痛昏迷的傷無影無蹤。

不只是沒有傷，衣服也沒破洞，更沒有血跡。

「怎麼回事……？」

莉娜感覺心中突然喪失真實感。

——到哪裡為止是現實？

——自己真的受傷了嗎？

——該不會只是被引導這麼認為？

——說不定，他們也……

（難道是系統外魔法……精神攻擊？）

莉娜毛骨悚然地顫抖。

（說不定我們……有著天大的誤解？）

（達也不是質能轉換魔法術士，是天生適合精神干涉系統的魔法師……「幻術師」？）

（……若是如此，各種事就可以得到解釋。）

（理應燒燬的右手之所以會恢復原狀，是因為他讓我看見「手臂燒燬」的幻影，只要這樣想就能理解。）

（「扮裝行列」被破解也一樣。若他使用幻術的天分更勝於我，就並非不可能。）

（「熾炎神域」被消除的狀況也是。考量到某些精神干涉系魔法能直接對魔法技能產生作用，就可以認同。）

（控制魔法是很細膩的行為，即使己身沒察覺，但只要精神受到擾亂就無法維持術式。應該會比破壞魔法本身簡單得多。）

（畢竟達也是以幻影魔法聞名的「忍術師」徒弟。認定他也是「幻術師」很合理。）

莉娜混亂的頭腦思考著這種事。

◇◇◇

莉娜是否依照誤導（沒字面上這麼誇張，只是修復四肢傷口與衣服而已）依照達也期望的方向誤解，達也無從確認。

不提這個，他現在有一件非得盡快解決的事。

距離接深雪回家的時間，還有二十分鐘。

可以的話，希望在這之前安排妥當。

達也在全自動駕駛的車上，開啟高強度編碼的語音通訊線路。

『哎呀，達也閣下，怎麼了？』

「葉山先生，抱歉這麼晚打擾您。」

回應的是四葉家的……應該說四葉真夜的管家——葉山。

這條線路，是直通真夜的熱線。

『現在時間還不算晚，不過很抱歉，夫人現在不方便接電話。』

「恕在下失禮。」

看時間應該正在沐浴。這確實是達也大意。

『無須謝罪。就我所知，這是你第一次主動聯絡。應該是相當嚴重的事態吧。』

正如這位老管家的指摘，達也的確是第一次主動使用這條直通線路。

老實說，達也很討厭也想避免依賴四葉，但這次無法逞強。現狀和無頭龍事件或大亞聯盟侵略時不同，並非靠蠻力就能解決。

葉山身處四葉家的中樞，理應比達也更詳細掌握本次事件。但若要請求協助，照順序應該由達也親口說明現狀比較合理。

「其實在下剛才受到了USNA小型部隊的攻擊。第一波在千葉家二子——千葉修次的助陣之下擊退，但千葉修次遭受STARS總隊長安吉．希利鄔斯攻擊而失去戰力。後來，在下和天狼星交戰——」

——打倒莉娜的達也，不想浪費時間捆綁她，逕自前往和公園相鄰的停車場。

沒必要捆綁。莉娜即使清醒也動不了。即使阻斷痛覺，只要運動神經依然處於切斷狀態，她連起身或爬行都做不到。達也就是以這種方式射穿她的四肢。

何況，若是接受過承受痛楚的訓練，她打從一開始就不會昏迷了。達也判斷莉娜這段時間暫時不會清醒。

應該更優先處理支援部隊。

隔絕上空「視線」的光學系（光波振動系）魔法依然持續運作。既然莉娜的真面目不能被拍到，這是理所當然的處置。但同時也代表對方無法離開現場。

ＵＳＮＡ軍不可能拋棄「天狼星」。

他們若要撤退，非得分派人員帶回莉娜。

這段時間就是達也的可乘之機。

他們應該也預料到達也會襲擊，肯定有所提防。畢竟再怎麼說，他們都親眼目睹天狼星被打倒。即使如此，達也依然無法選擇扔下支援部隊不管。

不能殺害莉娜。

不只不能殺害，也不能逮捕。

無論要殺還是要俘虜，莉娜的地位都太過舉足輕重。

達也已經埋葬國際公認，通稱「十三使徒」的戰略級魔法師之一。雖然不是刻意使然，卻因此對世界的力量平衡造成不少影響。要是這時候又除掉一名列入世界軍事平衡考量的戰略級魔法師，不曉得會對世界情勢造成何種影響，擔憂要素過大。

不過，支援成員另當別論。

抱持明顯惡意——恐怕是抱持「想將達也當成人體實驗材料」的惡意襲擊他的集團，等同於想取他性命的對手。

既然是這種對手，就沒有寬容以對的餘地。

必須讓他們確實認知到，和司波達也暗鬥必須付出何種代價。

達也和莉娜對峙時，無暇分心注意支援部隊，但是再度伸長知覺的絲線就發現，他們沒有從一開始感應到的位置移動。大概是面對王牌敗北的意外事態，還在等待主力部隊的指示吧。否則就無法說明對方反應為何如此遲鈍。

或許是在所難免，但達也覺得太天真了。

必須將戰敗時的撤退程序編入作戰內容，這是必備事項。

應該可以形容為粗心。

不過……

（我比較感謝他們粗心。）

正面硬碰硬，達也將會寡不敵眾，這種事打從一開始就毋庸置疑。對方安排達也和莉娜一對一，由此就可以確定這是對方粗心。

其中當然還有另一個隱情，就是不能在他國首都鬧得太大。

以達也的立場，他只須包含這種隱情在內，乘虛而入。

達也省略瞄準動作，只以自己的能力鎖定目標，扣下手中ＣＡＤ的扳機。

目標是廂型車的電子儀器。

第一槍拆解通訊機線路，第二槍是車外監視器的電線，第三槍是車內監視器的電線。魔法技術原本不適合用在這種機械方面的精密作業，這是藤林與真田聯手進行魔鬼訓練的成果。

行動終端裝置的通訊機能應該還能用，但達也不以為意，朝廂型車門伸手。

沒上鎖。

也沒有使用生體認證的防盜裝置。

相對的，等待達也的是彈幕的歡迎。

不知道是消音器性能很好，還是火藥本身特殊，幾乎沒響起槍聲。即使是躲在車門後方的達也聽起來，衝鋒槍滑套開關的機械聲都還比較響亮。

細微的槍聲也立刻平息。

在分解魔法之中，拆解槍枝是達也特別多加練習的項目之一。

車門開啟，數名手持大型戰鬥刀的男性衝出來。

啟動式於車內展開。

以近戰成員吸引注意力，從後方使用射擊武器——在這個場合是以魔法攻擊。這種戰術復古卻可說很有效。

前提是對手並非能視認啟動式的達也。

如果處於展開啟動式的階段，達也無須「分解」，只要射出想子子彈就可以應付。

達也將空著的左手往前伸。

最近勤於練習的「發勁」基本形態——壓縮想子子彈在左手生成，不只是針對展開中的啟動式，還射向所有敵人。

他「看見」啟動式悉數粉碎。

敵方魔法師漂亮地防止了想子逆流，卻似乎沒有擋下晚一步射來的想子彈，感覺並未準備下一個魔法。

衝出車外的近戰戰鬥員共三人，其中兩人腳步變得蹣跚。

受到發勁影響的並非肉體，是靈體，屬於魂魄的「魄」。越擅長以意識控制肉體的人，越容易被想子彈傷害。但要是熟練駕馭氣魄，就可以反彈或架開想子彈。

換言之，以意志控制肉體的修行還不到家的人，最容易成為發勁的犧牲者。

在達也面前踩穩雙腳以免倒下的兩人，就是這種修行不到家的人。另一人應該是不把這種東洋修行看在眼裡的肉體至上信徒。

這種單純的傢伙反而棘手。

達也特意先發制人。

接近到踢腿幾乎可以命中的間距，踏出右腳。

右手的ＣＡＤ，改為從莉娜那裡搶來的刀子造型武裝演算裝置。

右手從左肩往前揮，以反手投擲飛鏢的姿勢，朝著不受發勁影響的敵人胸口中央射出。

這是從極近距離投擲武器的偷襲。

刀子具備的威力，對方光是架開也無法完好無傷。

在這時候選擇「閃躲」，不愧是行家的判斷力。

男性的迴避正如達也的預料。正因為是合理的行動，所以容易解讀。

男性左肩與左腳往後收，右手的刀由外而內，讓飛刀軌道偏移到身體外側。

往右側身帶動右手甩到身體左方。接下來的攻擊不是成為死角的右側背面，是下段。

達也右腳往上抬。

投擲時用為軸心腳的右腳往上踢，這種違反常理的動作出乎男性意料。男性提防來自右方的左勾拳或左腳迴旋踢而縮回身體，達也踢出的腳背命中他的右手。

男性沒放開刀子。

他忍受貫穿手腕的痛楚，反射性地要將這一腳往下踹。

要以軸心腳踢腿，就只有以軸心腳跳躍。事實上，達也目前雙腳離地。若能擋下踢腿力道，有可能以體格優勢破解達也的架式——前提在於這純粹是體術對決。

達也發動預先在虛擬魔法領域備好的重力控制魔法。持續時間三秒，軌道變更次數限定為十次的飛行魔法術式。達也收起被擋下的右腳，不用再度蹬地就繼續上升，使出左迴旋踢。

男性這次真的來不及反應。

左脛骨命中男性脖子。

響起沉重的聲音，傳來確實的命中感。

這是達也非常熟悉，踢斷骨頭的觸感。

男性身體往側邊飛去。

達也的身體違反慣性，向左方滑動。

一把刀貫穿他的殘影。是男性的同伴抵抗發勁的傷害而射出的暗器。

飛行魔法的效果依然持續，但達也雙腳著地。

以魔法增強蹬地的力道。

達也以只靠肉體——至少只靠肌力不可能達到的速度，衝到第二人的跟前。

右手原本所握的CAD，在改拿刀子的時候就收進槍套。

達也不是以魔法停止身體，是踏步承受己身軀體的動能。腳步聲撼動地面，吸取動能的達也右手同時打向男性胸口。

不是以拳頭，是以手掌重擊心臟正上方。

男性沒能採取護身倒法，朝正後方摔個倒栽蔥。

達也從重心放低的姿勢，雙腳一鼓作氣蹬地。

飛行魔法效果的持續時間剩下一秒。

來自身後的彈雨，從上浮到兩公尺高的腳下經過。

是來自於車內的槍擊。大概是拿出手槍，代替分解成零件的衝鋒槍吧。對方的應對速度甚至算是很慢。

達也同樣從腰間抽出手槍。

不是手槍造型CAD，是實彈槍。這也是從莉娜那邊搶來的。

達也在空中扭身，子彈射向從車窗探出身子的狙擊手。達也的子彈命中對方胸口，男性身體從車窗滑進車內。

達也就這樣降落在第三人身上。

以右腳踩碎肩骨，以左腳將脖子踩成橫倒。

魔法失效的身體，在第三個敵人的後方著地。

接連灑來的彈雨，顯示槍手陷入恐慌。

達也以第三人的身體為肉盾，同樣開槍交火。

要避免車身受傷而鎖定目標有點難，但幸好槍手只有一人。

壓制槍戰衝入車內的達也，感受到掃興的心情。

除了射殺的兩人，另外兩人昏迷不醒。

戴在手臂上的ＣＡＤ，顯示他們是支援部隊的魔法師。

看來發勁發揮超乎預料的效果。八雲的特訓似乎比達也想像的更有效。

為求謹慎，達也以腳踝各踩兩個魔法師的心窩一次確認反應，然後將昏迷的他們連同另外兩具屍體扔到車外。

幸好莉娜的手槍口徑小，子彈沒貫穿。沒飛濺肉屑，也沒有噴很多血。

達也擅自拿走資料盒備份，刪除車上電腦儲存的所有資料。

反正下一位客人會清理乾淨，所以達也簡單擦掉血漿就離開廂型車。

至於那個隱藏氣息的監視者，達也假裝直到最後都沒有察覺對方的目光——

「在下將安吉．希利鄔斯搬回移動中繼車時，剛才解決的支援部隊已經不見蹤影。」

『所以是被監視的某人帶走？』

「應該是判斷比起監視在下，必須優先處理那些人吧。失去行動能力的千葉修次也一樣，在下回去的時候已經沒看見他。」

葉山聽完達也報告後稍做思索。這個動作完全不做作，或許該說薑還是老的辣吧。

『監視者大概和七草家有關。』

「七草家？不是千葉家？」

『東京現在是七草家的勢力範圍。耳聞弘一閣下正在使喚手下籌備某些計畫。』

達也也知道，「弘一閣下」指的是七草家當家——七草弘一。對於日本魔法師來說，十師族當家的姓名是常識。

『你將魔法的使用控制在最小限度，以近戰應付敵人，或許是注意到監視者的目光，但是在你遭到監視的時間點，就不能算是好事。』

從四月接連遭遇的事件中，沒有任何事是達也主動策劃，他完全是處於遭殃的立場。雖說如此，護衛過於顯眼是不高明的做法，達也自覺這一點所以無法反駁。

『不過，我很清楚達也閣下並未犯下什麼失態行徑。此外，保護下任當家候選人深雪大人是達也閣下的任務，卻不是只屬於你的職責。以真夜大人的角度，也認為現在讓其他家系得知深雪大人的立場還太早。只不過以弘一閣下的能耐，他應該已經察覺了吧……』

這裡所說的「察覺」，應該是指弘一察覺達也和四葉有親屬關係。原來「察覺」甚至不是「隱約」的程度？達也暗自佩服。

『即使如此，我們這邊也不樂見對方掌握到推測以上的證據。請達也閣下將備份的資料送到這裡。首先處理美軍的問題吧。』

葉山隨口說出的這番話，達也不認為是在說大話。

四葉家在人數上明顯不如七草或一条家，但並非戰力不如人。甚至可說是各人的平均實力較高。何況即使人數較少，也足以成為政府機構的反恐王牌，接下各種不受法律管轄的業務工作。在「含數家系」裡頭，四葉家還被評為最擅長在黑暗之中，將暗中活動的破壞部隊或暗殺部隊埋葬於黑暗。

『只要沒有出動國防軍的藉口，弘一閣下應該會暫時收手吧。』

如果是其他跟班就算了，既然是葉山的說法，達也也能信任。達也以線路傳送資料，朝監視器低頭致意。

深雪和前來迎接的達也相視的瞬間，向他投以疑惑的目光。

「怎麼了？」

「不，沒事。」

深雪當場如此回答，卻明顯是在意他人偷聽的表面話。

她以淑女的笑容問候，接受達也的引導上車，等到自動駕駛車起步之後——

「哥哥，您有受傷嗎？」

深雪突然纏著達也詢問。

即使是達也，也不禁嚇了一跳。

「慢著，深雪，妳冷靜點。」

「我沒辦法冷靜！這個『味道』……哥哥，您和莉娜交戰了吧？而且不是一對一吧？這是至少和十人交鋒過的『味道』！」

如同達也以視覺捕捉「情報」，深雪是以觸覺捕捉「情報」。但以深雪的狀況不只如此，有時也會以嗅覺解釋直覺的認知。看來即使沒留下任何物理痕跡，深雪卻「嗅到」戰鬥的遺痕。

「拜託，冷靜下來。」

老實說，達也很高興深雪如此關心自己。但她不冷靜下來就無法好好談，這也是達也心中率直的想法。

「妳知道吧？除非我允許，否則沒人能在我身上『留下傷痕』。」

達也有些為難地這麼說，深雪露出恍然大悟的表情。

激動情緒逐漸平息。

深雪的呼吸恢復平靜，是五秒鐘後的事。

「……哥哥，非常抱歉，在您面前出醜了。」

深雪不只是嘴裡這麼說，還害羞地縮起了身子。見狀，達也以內斂的笑容（大概是假笑）朝妹妹搖頭。

「不，我才要道歉，害妳擔心了。」

「沒這種事……妹妹擔心哥哥是天經地義！」

是天經地義嗎？達也腦中浮現這個反射性的疑問，卻沒有笨到說出口。

他只在內心這麼想。

擔心家人或許確實是天經地義，但熱烈到這種程度，其實應該很稀奇吧。

「我知道莉娜挑戰再多次都贏不了哥哥。因為找遍全世界，也沒人能戰勝哥哥。」

妹妹一如往常地熱情斷言，達也自覺是以某種清醒的目光看著妹妹。

他不覺得深雪的信賴很沉重。

既然深雪相信我，我就會無止盡地回應她的期望。達也內心存在這種念頭。這是一種決心、

一種自負，以及一種覺悟。

然而不同於這份覺悟，某部分的自己以客觀角度分析，認為這次相當驚險。

若對方不是心理尚未成熟的十六歲少女；若是對方意志力足以完全發揮戰鬥力，被打倒的人或許是自己。

但要是讓保護對象察覺這份軟弱，即使不提工作或使命也很不妙。

所以，達也現在更加注意維持堅強的態度。

「有妳等我，所以我不會輸給任何人。」

不過，這句話說得太過頭了。

或者應該形容為「太過火了」。

深雪雙眼開始朦朧。

如同發燒的迷濛視線，使達也察覺自己失策。

不過，說出去的話語無法收回。

不對，一般來說可以有效收回的話語，在這種狀況也無法收回。

（……唉，總比她追根究柢來得好。）

達也抱持逃避心態如此心想。

◇◇◇

沒有交通工具回家的莉娜，凌晨過後才返抵自己住處。而且不是剛過凌晨，是「已過很久」的程度。天還沒亮是唯一的慰藉。

雖然裝備被統統剝光光，卻不知為何只有布里歐奈克留在手邊，因此她沒有感受到生命危險而害怕。

然而因為情報終端裝置包含備用的在內全被搶走，所以也無法叫車子來接。

莉娜平常只使用數位貨幣，本來就不帶錢包。不只如此，為了避免進行作戰行動時被調查身分的風險，她身上沒有私人物品。多虧如此，她完全無法利用難得全天候運作的交通工具，非得「自力」返家。

不只是特化型ＣＡＤ，泛用型ＣＡＤ也被沒收，所以無法好好使用飛行魔法或高速奔跑的魔法。在她斷續構築跳躍術式，好不容易看見住處時，她不由得差點掉淚。要是熟人看到她這副模樣，莉娜可能會難為情到反射性地以布里歐奈克攻擊。

多虧是生體認證，進屋不必花太大的工夫。

莉娜在鬆一口氣的同時，怒氣不由得湧上心頭。

（達也，你對我有什麼仇啊！）

客觀來看，莉娜招致達也怨恨的理由不勝枚舉。不過這是情感上的問題。或許是拜軍人訓練所賜，莉娜即使像這樣變得情緒化，也沒忘記她首先該做的事。

她開啟和指揮管制室的通訊線路。但是再怎麼呼叫都沒有回應。

背脊流下一道冷汗。莉娜用力搖頭，消除不祥的預感。

她以備用的行動終端裝置，再度呼叫管制室。「大概是通訊功能出問題」的一絲希望，終於因為呼號響個不停而斷絕。

她不得不認定上校他們出事了。

莉娜迅速備齊ＣＡＤ與其他裝備，鞭策疲憊的身體，從陽台飛上夜空。

她的目的地，是祕密設置指揮管制室的大樓。

她體認到沒有任何人在該處等待，已經是徹底搜索結束一小時之後的事。

隔天早上——

ＵＳＮＡ海軍所屬的小型船艦，在航行日本領海途中，因為輪機故障而漂流時，接受防衛海軍的收容。報章與電視媒體都大幅報導這則新聞。

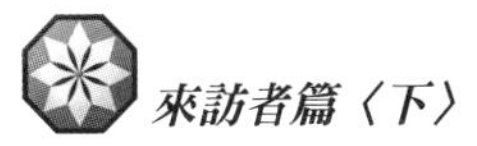

USNA東京大使館的高階駐日武官，不知為何位於這艘船上，這件事沒被報導出來。

此外，第一高中的美少女留學生，今天因為身體不適，繼昨天之後再度請假。

一邊吃早餐一邊看晨間電視新聞的達也，察覺自己下意識地點頭，連忙停止頭部動作。幸好深雪的目光也投向電視畫面，似乎沒察覺達也的奇特行徑。

「是機器故障嗎？好像沒看到暴風雨或濃霧之類的惡劣天候……」

令深雪疑惑的新聞，是美國海軍所屬小型船艦在千葉縣外圍日本領海漂流的新聞。

「很難想像儀表同時故障，所以我猜是動力系統的問題。在各方面大幅自動化的這個時代，應該不會只因為人為疏失就迷失方向。」

看到妹妹毫不懷疑自己的說法而點頭的純真（？）模樣，就覺得自己骯髒至極的心也逐漸被洗淨——但達也當然自覺這只不過是錯覺。

話說回來……

（即使是姨母大人親自指示，應對速度也太快了。）

從漂流船接受「收容」的時刻計算，達也聯絡葉山之後不到半天，甚至在短短六小時，就完成了襲擊到收拾善後的整個程序。

雖說是戰力運用受限的祕密作戰，對方終究是一國的正規軍隊。而且不是略勝於地方軍閥的小國軍隊，是來自強權大國，而且恐怕是精銳部隊。

即使四葉的祕密特殊部隊再能幹，若是從零開始行動實在快得離譜。

換句話說……

（在我聯絡的時候，戰力就已經部署完成了嗎……）

達也不曉得其中隱藏何種意圖。或許只是時機湊巧，或是處於盡可能不介入的立場。也可能是等待達也向他們低頭求助。

（不過就算如此，我也不覺得欠他們人情。）

無論基於何種背景，只要事態朝著好的結果演變，對達也來說就足夠。

深雪點頭回應「是動力系統的問題」這個推測，悄悄觀察哥哥的表情。看起來沒有特別質疑。

做出這種像是欺騙哥哥的行徑，深雪很不好受，但她偶爾也有不想讓哥哥知道的事。

深雪希望哥哥認為她就這樣一無所知。

深雪將兩人份的餐具端到廚房，交給ＨＡＲ（Home Automation Robot）善後，走到二樓臥室換掉制服。

深雪在鏡子前面輕輕嘆氣。

她不用看電視，就已經得知那則新聞。

今天，達也一如往常地外出晨練。

然後，深雪接到真夜的電話。

內容是「威脅達也周遭安危的ＵＳＮＡ軍已經清除完畢」的通知。

深雪不曉得具體來說是四葉一族的誰出動，所以她只能向真夜道謝。即使知道這是用來支配她的手法，這次她也由衷感謝。深雪這次對哥哥與自己平常都陽奉陰違的真夜提出請求，而對方並未讓達也得知這件事，這是她必須由衷感謝的另一個原因。

（我好奸詐……要是哥哥得知真相，應該會認為我是討厭的孩子吧……）

深雪不希望達也將她當成笨孩子。

但同時也想避免被當成太聰明的孩子。

深雪由衷不願意成為哥哥的重擔。

同時也絕對要避免哥哥認為「我再也不需要妹妹」。

自己能以四葉當家的身分自立行事……哥哥如此判斷時，或許會離開自己身邊。

即使不到離去的程度，或許也會保持距離。

這是折磨深雪的惡夢。

深雪與達也是親兄妹。

長大之後，妹妹當然會疏離哥哥，哥哥也當然會疏離妹妹。

深雪也知道，自己遲早得結婚。

知道自己非得嫁給哥哥以外的人。

深雪不願意結婚。然而，既然她是擁有高度魔法天分基因的優秀魔法師，這個社會、這個名為日本的國家，應該不會允許這種事。

而且這不會發生在太遙遠的未來，是在不久的將來。

現在，魔法師會被要求早婚。女性魔法師尤其被要求早點結婚生子。因為魔法師有新的一代具備更優秀天分的傾向。科學家形容為「魔法逐漸融入基因」。頂尖等級的能力看不出世代之間的差異，但如果比較平均能力，父親世代確實高於祖父世代，自己的世代也高於父親世代。或許總有一天會達到均衡點，不過現在世間依然強烈期待下一個世代早點誕生。

魔法大學為了育兒而休學的女學生甚至不算罕見。

壽命不穩定的調整體不在此限，但即使如此，到了第二、第三世代，就似乎背負著年輕生子的義務，這就是現狀。兩兄妹那位晚婚的母親，或是終生單身的姨母是少見的例外，這也是基於身體層面不得已的理由才得到社會的認同。

深雪身體完全健康，不符合這個條件。

何況她被視為十師族——四葉家的下任當家，擁有特別優秀的基因。

其實她不想和哥哥以外的男性進行親密行為。這是深雪的真心話。不對，如果要說真心話，她甚至不願意被達也以外的男性碰觸。

並不是「生理上無法接受」這種病態的厭惡，所以只是跳舞不成問題。只是如果赤裸陳述深雪的心情，那就只有達也可以碰她，只有達也能對她為所欲為。

鏡子映出只穿內衣的自己。深雪照著鏡子心想，包括手指、頭髮、嘴唇、胸部，以及不能讓任何人看見的私處，如果是達也，她就願意任憑撫摸。如果是達也，她不在意被做任何事。

——因為我的身心全都屬於哥哥——

這是深雪的真情，是如同祈求的由衷心願。

但深雪知道，這份心意絕對不可能實現。

所以，她這麼想：

（當一個沒用的妹妹也好……不對，被當成不可靠的沒用妹妹好得多。若是這樣就能讓哥哥陪在我身旁的話……）

深雪一方面如此心想，一方面也努力避免達也嫌棄她、厭惡她。

這是深雪所面臨的嚴重困境。

◇　◇　◇

進入一年E班教室的達也，察覺到氣氛不同於以往，目光掃視兩側。

他立刻明白原因。

一班二十五人的座位，是男女交互依照姓氏的五十音排列。達也的前面是雷歐，左邊是美月——烏雲源自間隔一排的窗邊座位。

艾莉卡板著臉眺望窗外。身體像是不斷冒出不悅的氣場。

（總之……這也在所難免。）

針對她不悅的原因，達也心裡有底。依照她夏天時所展現的仰慕態度，應該難以接受昨天事件的全貌。

「達也同學……艾莉卡怎麼了？」

達也只朝艾莉卡一瞥就坐下，旁邊傳來詢問聲。

看著達也的美月，似乎將一半的注意力放在艾莉卡那邊。

即使如此，之所以沒挪出八成或九成注意力，無疑是因為她敏銳地察覺達也知道隱情。

達也回神一看，連幹比古與雷歐都投以和美月相同的目光。

但是某些時候，即使被依賴也無法回應。

至少達也不能說「艾莉卡的二哥昨晚被莉娜打敗」的事實。

「她怎麼了？」

到最後，達也只能裝傻。

不會在這時候繼續逼問，是這群朋友的優點。即使其中有著個人差異也一樣。美月是基於天生的作風，幹比古與雷歐是因為親身知道「人們都有某些不想被詢問的事」。

只是，達也無法避免微妙地令人不自在的空氣流入。

尷尬的氣氛在後來也死纏不休，甚至在午餐時間，同班的五人也難得各自解決——之所以特別強調「同班」，是因為深雪與穗香一如往常。

狀況在放學後產生變化。

達也依照昨晚對妹妹所說，立刻向暫定的擁有者——機研交涉（包含暗中斡旋），以個人名義借用琵庫希。

雖然不是為了玩樂，是為了偵訊，但機研的機庫不適合偵訊。就算這麼說，帶著身穿那種服裝的琵庫希在校內行走過於顯眼。達也不想招致無謂的質疑（主要是嗜好方面），考量到目的，也不能做出太顯眼的舉動。

基於這些隱情，達也先讓琵庫希換上女生制服。制服是透過美月，向美術社借用人物肖像畫模型的衣服。原本擔心骨架構造和人體骨骼不同，可能沒辦法換裝，不過3H的軀體比預料的柔軟，無論是脫掉連身侍女服或換上制服都不成問題。雖然下半身線條多少有些不自然，但達也早就預料到這件事而借用大一號的制服，所以不會太顯眼。如果只是在走廊擦身而過，看起來確實像是女學生——此外，達也目睹機器人換裝也毫無感覺，在此註明以防萬一。

接著，達也將琵庫希帶到實驗大樓的空教室偵訊。

達也很快就習慣，主動型心電感應在腦中響起聲音的突兀感。但他實在無法習慣無機物的光學感應裝置，也就是琵庫希雙眼蘊含的火熱視線。達也感受著未知的不自在心情再三詢問。

達也詢問的是「吸血鬼事件」。尤其是犧牲者即使沒有明顯外傷，體內卻失去大量血液的離奇現象。他想問出箇中機制以及這麼做的動機。達也內心從案發當初就一直掛念這件事。

「犧牲者失去血液，是寄生物造成的？」

『Ｙｅｓ。』

「為什麼需要人類的鮮血？」

『失血並非意圖使然，是增殖失敗的副作用。』

「麻煩詳細說明。」

『我們的增殖步驟是，首先切除己身一小部分，注入認定可能適任宿主的人體。分離的個體邊吸收血液裡的想子與靈子，邊沿著血管蔓延，將血液置換成自己，藉以滲透宿主軀體。』

「慢著……將血液置換成自己？你們是情報體，所以沒有質量吧？那麼，置換的血液質量去哪裡了？」

『那用在軀體同化時的變貌程序。要是同化失敗的話，會和分離的個體一起化為生氣排出宿主體外。』

「原來如此，是這種構造啊……繼續說吧。」

『滲透軀體結束之後，也可以掌握宿主的情報體，也就是幽體。』

「實體和情報體的相互作用啊。和魔法的原理相同。」

『幽體也是連結精神體的通道。透過幽體連結宿主的精神體，若是能合而為一就代表增殖成功。不過很遺憾，還沒有成功案例。』

「理由是？」

『不明。我也想知道。不知為何，只有這個想法留在我心中沒喪失。』

「……妳在這個國家有幾具同伴？」

『寄宿在這具軀體時是七具，包含我是八具。』

「寄生物之間可以通訊嗎？」

『Ｙｅｓ。』

「通訊範圍多廣？」

『位於國境內側就可以通訊。』

「其他寄生物現在的位置在哪裡？」

『現在位置不明。我寄宿於這具軀體之後，就失去和同伴的聯繫。』

琵庫希流利回答達也的問題。

雖然臉上沒有表情，思念波聽起來卻似乎很高興，這大概不是達也的錯覺。他不曉得心電感應能表達、偽裝多少情感，但以傳達的意念判斷，琵庫希真的很高興能幫上達也的忙。

雖然無情，但想到魔物主動示好，就不禁感到不舒服。但宿主不是人類，是「物體」，因此心情稍微輕鬆。認定她是私有物品盡量利用，就用不著抱持罪惡感。

就在偵訊告一段落時，艾莉卡進入兩人（正確來說是一人與一具）共處的教室。

「達也同學，方便借點時間嗎？」

不曉得是偷聽估算時機還是單純巧合。即使被偷聽，既然對方是艾莉卡，達也就不以為意。何況這是透過主動型心電感應接收回應，即使竊聽者再怎麼努力，也只聽得見達也的詢問。

達也沒抱怨艾莉卡突然闖入。

畢竟沒在換衣服，這裡也不是自己臥室，他甚至懶得要求敲門。只是——

「我不介意聽妳說，所以麻煩別殺氣騰騰。我並不是毫無感覺。」

——希望她可以冷靜一點。

「啊，對不起。」

艾莉卡自己似乎沒注意到，聽到達也的指摘之後害羞地臉紅。

「沒關係，明白就好。」

艾莉卡似乎真的沒自覺，她身上彷彿刺蝟的氣息，逐漸融化在空中。

換言之，這代表她滿腦子都是接下來要說的事。達也總覺得她某些地方很像自己的妹妹，非得刻意壓抑差點露出的苦笑。

「琵庫希，麻煩鎖門。」

『遵命。』

琵庫希離開時，艾莉卡取而代之站在達也面前。

即使邀她坐下，她也沒有坐下的意思。艾莉卡就這麼站著俯視坐在椅子上的達也。

達也並非無法理解她的心情，所以也沒勉強。

「所以，妳要說什麼？」

「你知道吧？」

「大致猜得到，所以？」

「就是……我哥昨晚出醜的那件事。」

艾莉卡的回應正如預料，但達也預料的回應不只一種。

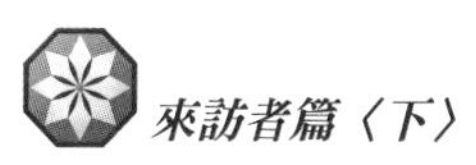

「只有這件事？」

「總之，先講這件事。」

原來如此，要照順序來。達也如此心想時，艾莉卡繼續說下去。

「對方是誰？」

接著是毫無開場白，過於直截了當的詢問。話說回來，她沒有等交談的對象附和就提問，或許相當心急。

「USNA軍STARS總隊長——安吉．希利鄔斯。」

達也對她的回應也是直接又乾脆。

艾莉卡透露出困惑的氣息，大概是沒預料到會立刻得到回應。

「所以，妳問完要怎麼做？」

這次輪到達也趁著艾莉卡困惑的時候詢問。

「這種事……還用說嗎？」

當面被反問，艾莉卡似乎有些驚慌，但她立刻以強悍表情回嘴。

「我大致明白妳的決定……不過艾莉卡，別這樣。」

「你的意思是我做不到？」

不是剛才下意識的怒氣。

達也面不改色地承受她刻意釋放的怒氣。

「做不到。不是因為實力不足，是結果已定。」

「……什麼意思？」

話語前半膨脹的怒氣，在話語後半置換為疑惑。

「妳看過今天早上的新聞嗎？節目或報紙都行。」

「看過，你是說哪一則新聞？」

「USNA小型船艦漂流的新聞。」

「那則啊……難道……？」

「妳真敏銳。」

艾莉卡臉色驟變。達也不是口頭奉承，是真心稱讚。

「『天狼星』恐怕也不會再現身。我覺得揭發真相對彼此都沒好處。」

艾莉卡沒有接受或拒絕達也的建議。

「達也同學……」

相對的，她目不轉睛地注視達也，如同在看一個身分不明的怪人。

「你是……何方神聖……？」

不對，不是「如同」，是完全把他當成怪人。

「那種事，至少我家……千葉家不可能做得到。」

「是嗎？」

達也並非裝傻，但只能如此回應。

「不只是我家……包括五十里、千代田、十三束也一定做不到。我不曉得是什麼狀況，但是能做出那種結果的應該是十師族，而且是……」

「可以別再說了嗎？」

達也這句簡短回應的言外之意是「無可奉告」。但艾莉卡似乎沒聽懂。

「實力特別強大的家系。以首都圈為地盤，或是可以不受區域限制而活動的家系。」

她沒有停止說下去。

「艾莉卡，別說了。」

「除了地盤在北陸的一条……再來就是七草或十文字，或者是……四葉。達也同學，你……難道是……」

「我要妳別說了。」

「！」

達也並未厲聲制止。不是以音調或音量，是以話語中的意志讓艾莉卡緘口。

「繼續說下去，會讓彼此不愉快。」

達也靜靜告知。

艾莉卡在各種戰場的歷練也非比尋常。

不是受到氣魄震懾而沉默。

正因為具備濃密的經驗，所以她察覺了。

自己差點貿然踏入某條界線的另一側。

「……抱歉。」

「明白就好。」

和剛才相似的話語。和剛才相同的輕鬆語氣。

然而艾莉卡聽完之後，背上冒出冷汗。

「艾莉卡，如今追究天狼星的身分，對任何人都沒好處。所以這件事到此為止吧。」

「……也對。」

艾莉卡明白達也轉換話題有一半是為了她。所以她沒有違抗，點頭回應達也的提議。

「那麼，聽聽妳第二個來意吧。我想應該是關於寄生物的餘黨。」

「不需要說『你猜得好』吧？這種程度的溝通，達也同學應該做得到。」

艾莉卡看起來總算恢復原本的步調，大概是刻意使然。

「這是在誇獎我？」

「至少我自認不是在貶低你啊。」

艾莉卡演著演著，似乎也真的逐漸恢復原本的步調。這種重振的速度令人羨慕。

「我也不打算扔著不管。查到線索就會告訴妳，放心吧。」

達也說著朝琵庫希投以耐人尋味的視線。

艾莉卡也朝琵庫希一瞥，嘴角滿足地上揚。

「一定喔。相對的，我在這方面也不會隱瞞你。」

條件限定在「這方面」，很像艾莉卡的作風。

「嗯，我保證。」

不過和她打交道時，這種程度的距離感恰到好處。

「達也同學，那我走了。抱歉打擾你。」

「嗯。幫我向令兄問好。」

伸手開門的艾莉卡背部微微一顫，但她就這樣若無其事地離開教室。

達也同樣沒多說什麼。

艾莉卡離開和達也密談（？）的教室，快步行經走廊。她從杳無人煙的實驗大樓回到主大樓的二科生區域之後，背靠走廊牆壁。

吐出好長的一口氣。

遲來的冷汗滑過艾莉卡的太陽穴。

「今天的自己怪怪的」這個念頭，事到如今才湧上她的心頭。

艾莉卡心想，平常的自己應該不會做那種當面踩老虎尾巴的舉動。

——不對，那不只是老虎尾巴，是龍的逆鱗。

——她也因而明白。

——知道了無須知道的事。

（……爛透了。）

艾莉卡的嘴唇扭曲為自嘲的笑容。

得知有這種內幕之後，就可以接受各種事。

但是不能告訴他人。

艾莉卡理解達也剛才在叮嚀她別說出去、別被他人知道。

而且，他叮嚀的對象不只艾莉卡一人。

（該怎麼對修次兄長大人說明呢……）

達也最後那句話，大概是這個意思。

艾莉卡原本就是看不慣「某人」不惜利用二哥試圖調查達也的身分，才會站在達也那邊妨礙對方的行動。

她好心想要幫達也保密。

但現在不知為何，艾莉卡已不是「好心保密」，是被迫處於「非得保密」的立場。

即使艾莉卡洩密，達也應該也不會報復。

（感覺就算我說溜嘴，他似乎也只會笑著帶過。）

但凡事總有「萬一」。艾莉卡改變想法。

她無心嘗試這種事。

光是達也的實力就棘手至極，而且——可能另有高人。

（啊～……這次好冒失。真的是「多一事不如少一事」。）

為什麼會討論到那種話題呢？艾莉卡在心中嘀咕。

現在回想起來，甚至覺得自己似乎是被引導察覺這一點。

（不會吧……即使達也同學個性再差，這也是我想太多吧。）

艾莉卡強行將自己的質疑一笑置之。

全力避免心想那個人可能做到這種程度。

（……這是自找麻煩嗎？）

達也注視著艾莉卡離去的門，在內心獨白。

千葉修次昨晚的介入，達也原本推測是千葉家一族成為七草家……或是七草家所使喚的國防陸軍情報部的手下前來刺探，但至少艾莉卡應該沒介入。

也可能只是她不知情。

（算了。畢竟應該遲早會被發現。）

達也已經讓艾莉卡看見各種東西。不只是自己的力量，甚至包括深雪的「悲嘆冥河」。以她敏銳的直覺，即使這次沒有多說什麼，她得知真相也是時間的問題。

（而且以結果來說，似乎也能將她捲進來。）

達也並非一手掌控所有過程，但他認為似乎可以得到圓滿的結果。

一般來說，要保密絕對需要他人協助。

有些事只靠當事人實在處理不來。因為試圖查出祕密的人，是瞞著當事人在行動。在這種時候，若是表面上有第三方的助力，在各方面都會方便行事。

達也以這種相當自私的結論，讓這段無言的獨白落幕。

「琵庫希。」

『是，主人。』

達也透過和琵庫希的對話實際理解到，心電感應傳達的不是話語，是概念。對方想傳達的意念，會使用接收者的字彙翻譯。

如果是打扮成傭人就算了，琵庫希同樣穿著學校制服，卻使用「主人」這種稱呼，令達也靜不下心。但是對方抱持這種想法，所以既然是以心電感應溝通，就只能試著習慣。

達也反倒因為沒翻譯成「吾主」而鬆一口氣。主要是對於自己的語言品味。

她（？）使用的是主動型心電感應，所以不知道達也的想法。她從輸入電子頭腦的行動準則，讀取被叫到名字時的行動模式，移動到達也正前方。

「妳寄宿於這具軀體之前，你們看起來具備共同的目的意識，採取組織性的行動。你們之中有所謂的指揮官嗎？」

『我們之間沒有指揮命令的關係。』

「那你們如何維持組織性的行動？」

『嚴格來說，我們各自並非完全獨立的個體。我們是個體，亦是全體。各自具備思考能力，

並且共同分享意識。』

「意思是以單一精神進行複數思考的狀態？」

『不只是思考。具備不完整自我與獨立思考能力的低階意識，由單一的高階意識整合——以這種方式形容我們的狀態應該最為接近。』

「我懂了。但這麼一來，低階意識不會抱持不同目的，使得高階意識失去統一性嗎？」

『若以生命體作為宿主，無法避免受到宿主最原始慾望的影響。生存本能與生殖本能整合在共享的意識之中，決定我們的行動。』

「活下去並且繁殖同伴。以『生物』的存在方式來說實在單純。」

『正是如此。我們遵從生命體最優先的慾望，以生存與自我複製為目的採取行動。』

「既然同伴之間共享單一意識的話，關於生存與自我複製以外的目的，你們也會建立起合作關係吧？」

『即使基本上整合，我們也具備個別的自我，因此會個別對應宿主個別擁有的慾望。但這次是以共通目的為優先，所以主人才會這麼覺得。』

「原來如此……」

達也說到這裡，停下話語開始思索。

琵庫希此時沒有無謂插嘴，不知道是因為她並非人類，還是因為她以機械為宿主。

「那麼，現在寄宿在非生命體的妳，就脫離了共通目的，成為異端。同伴之中出現異端分子時，你們不會試圖排除嗎？」

『我們沒有排除異端的慾望。但若他們判斷我會妨礙目的，有可能會優先攻擊。』

「這樣啊……我再問一個問題。妳說妳現在處於和同伴中斷聯繫的狀態，但妳完全無法感應同伴的存在嗎？」

『若對方處於高度活化的狀態，應該可以感應。反過來說，以我現在的狀態，要是接近到某種程度就可能被他們感應。』

「這樣啊。」

達也稍微思索之後，立刻下達新的命令。

「琵庫希，妳回到機庫換回原來的服裝，以休眠狀態待命。晚點還會需要妳。」

『遵命。靜待您的命令。』

琵庫希以端正……換個說法就是生硬的動作鞠躬，走向機庫。

達也在腦中挑選必要的裝備，走向學生會室迎接深雪，以便先回家一趟。

西元二〇九〇年代，世界變小了。但箇中意義對於魔法師與非魔法師來說完全相反。

在上一場大戰以及後續零星的國境紛爭之中，魔法師被認定是有用的軍事力量，除了因公出差之外嚴格限制出國。對於魔法師來說，這個世界縮小到侷限於國境內側。

另一方面，不是魔法師的人們，全面享受著交通技術進步的恩惠。陸海空所有運輸工具高速化，人們得以更加輕鬆地出國。如今是直飛地球另一側只需要十個小時的時代。世界相較於一百年前確實變小。

世界連續戰爭的起因，使得所有國家都慎重處理，很可能成為非法移民的外國人長期滯留問題。相對的，許多國家的短期滯留外國人都有增加的趨勢。異國民族走在東京街頭的光景也變成家常便飯。

黃昏時分，西班牙裔白人男性、印歐混血（白人與印第安人的混血兒）年輕男性與黑白混血（黑人與白人的混血兒）年輕女性並肩走在隅田川東側，也沒有日本人覺得突兀。這三人走進只有建築物龐大卻沒什麼病患的醫院，沒有市民對這幅光景投以質疑的目光。

醫院地下室擺著床。

這樣形容聽起來或許理所當然，但這種床一般不會放在醫院。

黑色皮革，幾乎沒有彈性，與其說是床更適合形容為平台的長方體箱子。九張床不是排成一列，也不是排成四張與五張共兩列，是放射狀排列。每張床上頭各躺一名年輕男性，合計九人。所有人都是東北亞臉孔。沒用枕頭躺著的九人都是臉色蒼白，胸口沒有起伏，應該是屍體或假死狀態。地下室只有這九名靜止的青年，以及從地面樓層走下來的三名西班牙裔男女。

床頭朝內側排列的床在中央圍出空隙，白人男性站在其中。他像這樣站在微暗的場所，總覺得身披魔術師的氣息。

印歐混血青年看向手錶，就這麼舉著手臂等待。大約十分鐘之後，青年看向隔著床的圓環站在另一邊的黑白混血女性。這大概是某種暗號。女性微微點頭，雙手高舉到面前。

青年也擺出相同的姿勢。白人男性在相對的青年與女性中間拍手，同時踩踏出聲。

繼續拍手。

繼續踏腳。

青年與女性跟著男性的節奏拍手、踩踏出聲，在擺成圓環的床邊繞圈。青年與女性位置剛好對調時，男性拍出更響亮的掌聲。

在拍手的餘韻之中，靜止的人體從床上起身。

一人，又一人。

八名假死者，在黑色平台上甦醒。

在微暗的地下室，昆蟲振翅般的喧囂聲，不是在實體次元或情報體次元，而是在精神次元彼此交流著。

若翻譯成人類的話語——

（我／我們終於清醒。）

（我／我們還有缺額。）

（缺額是一人／一具？）

（容器不足？）

（不對。如我／我們所見，協助者已湊齊足夠的容器。）

（華人的死靈法術水準也很不錯。）

（不，至少得承認超過我／我們的水準。）

（死亡當前時，對生命的渴望。停止的自我。）

（我／我們沒想到讓宿主處於假死狀態再同化的方法。）

（但我／我們也學會了。這樣就明白如何轉移宿主了。）

（今後即使肉體被破壞，應該也能在短時間內再度活動。）

（要取回欠缺的一人／一具也易如反掌。）

（取回欠缺的我／同伴吧。）

（去尋找欠缺的我／同伴吧。）

——渡海而來的三具，以及清醒的八具魔物——寄生物，進行著這樣的對話。

達也返家之後，還沒換裝就先走向電話機。不是使用客廳的大畫面同步電話機，是放在臥室的保全強化版。這台語音專用的電話機，將一般用在影像處理的能力也挪為即時編碼處理。達也以這台電話打給四葉家管家——葉山。對照郵件指定的時間算是勉強趕上。

『是達也閣下啊。正如預定吧？』

「葉山先生，昨晚謝謝您。」

彼此都省略「一般的開場白」。達也是配合葉山這麼做。與其說這名老管家忙碌而心急，達也感覺是因為對方有事要轉告。

『我昨晚也說過，不用多禮。保護深雪大人是我們四葉家的「第二優先事項」。』

「葉山先生，連您都講得這麼輕率，我會很為難。」

『只要認清時機與對象就不成問題。何況我和那個人不同，沒膽量和達也閣下對峙。』

看來他至少有空配合這樣的閒聊。

即使如此，達也這邊也沒什麼空。他決定先詢問葉山刻意使用機密線路來電要指示的事——部分原因也在於葉山如果這時提到他數個月前和青木發生的糾紛，他不知道該如何反應。

「所以您有何吩咐？既然不能以郵件通知，也沒空直接見面，我想應該是緊急要事。」

『喔喔，我差點忘了。』

葉山說得像是聽達也提及才察覺。但是，就算無法從聲音判斷，只要知道這位老管家的為人就明白這是演技。

『達也閣下，第三課似乎為了魔物事件出動。我想讓你得知這件事。』

「第三課……國防軍情報部防諜第三課？記得那支有趣的部隊是七草派吧？」

達也說完，話筒另一邊傳來笑聲。

『他們應該也不願意被曾經是那個獨立魔裝大隊一員的你形容為有趣，但就是你所說的那個第三課。』

「既然是感興趣，應該不是走肅清路線。您的意思是，七草家想透過防諜第三課調查……不對，逮捕寄生物？」

『我很想說你一如往常地明察秋毫，可惜還不清楚他們的目的。但應該如你所說。』

達也打從心底感到棘手。本次事件原本就有許多錯綜複雜的相關勢力了，如今又有新成員登場。而且雖然是七草一派，目的卻似乎和真由美不同。

「感謝您提供寶貴的情報。」

就算這麼說，也不能將局勢全面翻盤告終。現實和遊戲不同，再麻煩也不允許重來。

『這也是我認定保護深雪大人非得這麼做。達也閣下，請務必別忘記這一點。』

「在下明白。」

沒錯，絕對不能毀掉深雪身處的這個世界。雖然無須葉山訓誡重新囑咐，但達也毫不抵抗就接受了。

◇◇◇

晚間七點。

學生已經全部放學，教職員也所剩無幾，校舍鴉雀無聲。校門也已經關閉，除了部分例外，直到隔天都不允許任何人出入。教材、福利社的商品與學校餐廳的食材，基本上是在日間從地下通道或後門進貨。

允許出入的，只有值班教職員、簽約保全公司的警衛、非得在夜間才能工作的系統維護工程師，此外就是學校特例許可的人，以及學生會特例許可的學生。

以學生自治來說看似有些過度的這個權限，是去年真由美擔任學生會長時促成的。背後似乎和七草家的意圖與權威關係匪淺，但以利用者的角度來看，這種隱情一點都不重要。不需在申請書寫上像樣的理由提交到教職員室就能獲准進入，達也非常感謝這樣的制度。尤其是在無法講明真正理由的時候。

先回家一趟的達也，在回程路上做好各種安排，物品在他抵達家門時已經送達。他將東西塞進包包就背著回到學校。達也將印上學生會長批准代碼的夜間入校許可證交給後門守衛，領取三張訪客用的ＩＤ卡。晚上要是沒帶這種ＩＤ卡，就會被當成可疑人物而觸動保全系統。

之所以有三張卡片，第一張當然是達也自己用的。

第二張交給跟隨在後的深雪。深雪以滿足的笑容領取卡片。

達也其實不打算帶深雪過來，原本預定今天讓她看家。

然而，在發行夜間入校許可證的時候，深雪向達也提出條件。

就是也要帶她一起來。

許可證的發行權限，由學生會長梓擁有。但是大約在三小時前，達也面前實際上演的光景，彷彿證實了「現在學生會的真正掌權人不是會長，而是副會長」這個流言蜚語。

達也沒能說服莫名頑固的妹妹，只得答應同行。

除了深雪，同行的還有一人。

第三張卡片，交給在車站會合的穗香。或許用不著強調，達也剛開始也同樣不打算帶穗香過來，不對，是比深雪更不打算帶她過來。之所以會變成這樣，是因為發行許可證的話題是在學生會室，也就是穗香也在場的時候提及。這真的只能說是一時大意。不過就算拒絕，在梓甚至五十里都在偷聽的狀況，達也不可能告知「真正的目的」。而且只有穗香拜託就算了，連深雪也站在她那邊，因此達也不可能堅拒到底。穗香不同於深雪，以惶恐表情從達也手中接過ＩＤ卡。

申請許可證的表面理由是「前來檢視行動持續異常的３Ｈ－Ｐ９４」。但達也真正的目的是要帶琵庫希外出，引誘寄生物前來。

再三詢問琵庫希之後得知了一件事，就是「寄生物不會扔下琵庫希不管」。雖說是得知，其實只不過是推測，但達也對這個推理有自信。共享意識的「元件」突然斷絕聯繫，應該會試圖修復。為此一定會以某種形式前來接觸。這是達也的想法。

達也沒有找出寄生物的手段，而其實也沒有必要積極尋找——直到前天為止是如此。但他既然「持有」依附在琵庫希的寄生物，就不能置身事外。感覺扔下那種狀況的琵庫希反倒會成為大問題。更重要的是，能解決寄生物是最好的結果。達也原本就假設會再度和寄生物交戰，向八雲求教並且請他陪同修行，也是為了這個目的。琵庫希的事件只不過是一個契機，讓他的態度從消極轉變為積極。

達也也不認為今晚能將寄生物一網打盡。但他覺得若能引出一兩具，應該能得到線索，查出剩餘個體的所在處。

考量到接下來這項行動的危險程度，達也或許應該斷然拒絕深雪與穗香同行。達也大概是在各方面對於「危險」有些麻痺。

今晚的作戰，從計畫當初就不是他單獨行動。依循至今的前因後果，並且考量到必要性，達也委託艾莉卡與幹比古輔助。既然請到這兩人幫忙，同樣熟知隱情的深雪，以及基於某種意義成為當事人的穗香同行應該也無妨。達也做出這個稍微欠缺考量的判斷。

第一高中規定即使是假日，來到學校也要穿制服，但是夜間入校時不在此限。表面上的理由是因為入內必須帶著具備通訊功能的ＩＤ卡，所以沒必要穿制服。但背地裡的意圖是要求學生別在晚上穿制服在街上閒晃。

這是校方一種迴避風險的做法（別名消極主義），理解這一點的達也依照要求，照例穿著方便打鬥用的外套。深雪也學哥哥打扮成便於活動的短大衣、彈力褲加長靴造型。

不過，穗香的大衣底下依然是制服，令人質疑她或許不曉得接下來要做什麼事，但達也不會將這種想法表露在語氣或表情。

「穗香，妳沒回家？」

深雪以委婉的方式，代為提出哥哥的疑惑。

「咦？不，我回去過。」

穗香自己一個人住，租屋處比起兩兄妹家離學校更近。應該不是因為沒時間換裝。

「難道……穿制服不太妙……？」

「沒到不妙的程度……但或許有些不方便。」

達也不想講得像是在責備，但今晚預期會發生各種突發狀況。而且穗香似乎並沒有料想到這一點。早知如此就應該好好說明。達也有點後悔。

穗香大概是敏銳察覺達也這個想法，行經走廊時微微低著頭。

「哥哥，要先到穗香住處一趟嗎？」

深雪試圖消除這股尷尬的氣氛。

「我們可以在樓下等穗香換裝。」

深雪應該沒有造福敵人的意思。恐怕只是因為達也在為難，才提出這個解決方案。

「也對。畢竟這時間叨擾太晚了……如果穗香不介意，就這麼做吧。」

「不！那個，我完全不在意兩位來訪。如果有幸借用兩位的時間，請務必造訪。」

不過和深雪的想法無關，這是穗香求之不得的事。

三人進行這種雞同鴨講繞一圈又搭上線的對話時，抵達機研的機庫。門當然上鎖，但門鎖大致上都能從內側打開，所以沒必要特別準備什麼。達也開啟行動終端裝置的近距離通訊模式，發送今天剛製作完成，兼具認證功用的密文。

立刻傳來回應。

『主人，您找我嗎？』

即使是強度遠超過厚度的裝甲門，區區一扇門也不足以妨礙心電感應。

「開門。」

『遵命。』

室內回應之後，機庫的門立刻開啟。

門後就是身穿侍女服，深深鞠躬致意的人偶。即使魔物寄宿在內，似乎也遵守程式規範的基本行動模式。

達也等琵庫希抬頭之後，從包包取出第一個物品。

「琵庫希，換穿這套。」

即使是夜晚，不對，基於某種意義，正因為是夜晚，所以不能將這身打扮（也就是侍女裝）的琵庫希帶著走。就算這樣，制服也基於前述理由不能用。達也在本次作戰首先準備的，就是琵庫希要穿的衣物。

琵庫希大概是判斷這種程度的命令無須出聲回應，突然就脫起身穿的泡泡袖連身裙。

達也理所當然般注視。這是達也第二次看「她」換裝。達也生性不會將人偶與人類混為一談。對達也來說，琵庫希的換裝等同於套上或拆下機車的保護套。

「哥哥？您面不改色在旁邊看什麼啦！」

然而深雪似乎很難接受。

轉頭一看，穗香也同樣投以責備的視線。

「問我看什麼……深雪，琵庫希是機器人啊。」

「就算是機器人，也是女生！」

「慢著，她確實是人型，但是並沒有仿造人體到那麼精細……」

正如達也所說，３Ｈ是打造為「穿上衣服會誤認為人類」的人型機器人，衣服遮蓋的部位細節，和女性裸體完全不同。用為仿真性行為的廉價人偶，在「那種部分」的重現度高得多。

雖然上半身近似「穿著膚色緊身衣的女性」，但也只限於腰部以上。腰部到股關節的外型，明顯看得出是機器人，要是穿上合身的褲子，光看背影就看得出來不是人類。預設衣物是裙襬寬鬆的裙子就是基於這個理由。

但是對兩名少女來說，主觀的外表似乎比這種客觀的事實優先。

深雪讓達也轉身向後，穗香站在兩人中間遮住琵庫希。

達也難免覺得不講理，但同時也不是很想看琵庫希換裝，因此乖乖背對等待兩人許可。

「達也同學，可以了。」

穗香出聲知會。達也為求謹慎，先確認深雪的表情再轉過身去。

達也帶來的衣物，是立領造型的風衣外套，底下是彈性良好的毛衣，以及能遮擋臀部曲線的三層滾邊及膝裙。

脖子以較長的圍巾圍兩圈。

遮掩臉部的帽子刻意省略。

雙腿穿著厚緊身褲與靴子，隱藏細部構造並強調腿部線條——這是幫忙準備服裝的獨立魔裝大隊女性補給士提出的建議，達也全面採用。

穗香不知道從哪裡取出梳子梳理琵庫希的頭髮，但琵庫希不以為意，筆直站著動也不動。這顯示她再怎麼模仿人類的外型依然是人偶，但達也不打算對琵庫希要求這麼高。

只要走在路上別被警察臨檢就好。

以這一點來說，琵庫希現在的模樣合格。

「琵庫希，跟我走。」

達也以這句告知，代替作戰開始的宣言。

如同對奴隸下令般高傲。

不帶任何情感。

◇ ◇ ◇

艾莉卡呆站在哥哥房間前面。

以她的角度來看，這完全超乎預料與預定。沒想到自己還留著這種怯懦的一面。

艾莉卡不怕進入主屋，但她想迴避父親與姊姊。雖然抗拒程度比不上這兩人，但她也不想和大哥打照面。幸好大哥這個時間應該還沒返家。

總之，趕快辦完事回到別館的自用臥室是最好的做法，在走廊拖拖拉拉是最壞的做法。因為今天接下來還有其他行程。

「修次兄長大人，我是艾莉卡。」

她鼓舞自己，出聲呼喚。

「進來吧。」

隔了一段空檔才傳出回應。

雖然沒有不高興，但聽起來不太歡迎。

不對，應該是勉強掩飾不佳的心情。

艾莉卡違抗想要就這樣掉頭離開的衝動，打開房門。

「這麼晚了，什麼事？」

修次坐在寫字桌前面。他旋轉椅子，整個身體轉向艾莉卡。但艾莉卡看出桌子另一邊的床，留著剛剛躺過的痕跡。

彼此的立場和前天相反，但艾莉卡沒有出言指摘這件事。

「有件事想讓兄長大人知道。」

艾莉卡的語氣結結巴巴。

是修次勉強掛在臉上的笑容令她如此。

「說來聽聽。」

修次的回應沒什麼熱情的感覺。講得直截了當就是給人「基於義務聽聽看」的印象。但感覺並非沒將艾莉卡放在眼裡，而是分心在意其他事。

「兄長大人知道名為『第一〇一旅團獨立魔裝大隊』的部隊嗎？」

「艾莉卡為什麼知道這個名稱？」

修次剛才漫不經心的回應，令艾莉卡差點受挫。她鼓舞內心如此詢問。

話中的名稱，使修次態度為之一變，表達強烈的關切之意。

「其實……」

走到這一步，猶豫的心情依然死纏著艾莉卡的雙腳不放。但她想不到其他的好方法。

「兄長大人護衛的對象——我的同學司波達也，是這支獨立魔裝大隊的特務兵。」

「妳說什麼……？」

艾莉卡擺脫迷惘，應該說擺脫恐懼之後揭露的事實，使修次難掩驚訝之意。

「非常抱歉。原本在您前幾天詢問的時候就該說明，但是一位叫作風間少校的先生說，這件事屬於國家機密，要求我守口如瓶。」

「風間少校……是『大天狗』風間玄信嗎！」

「大天狗？」

這次輪到艾莉卡對哥哥的反應感到驚訝，並且歪過腦袋。

魔法師特別喜歡取誇張的別名，兼作嚇唬對方使其退縮的用途，不過「大天狗」在眾多別名中也特別突出。反而令人覺得誇張過頭，其中是不是有什麼由來。

「修次兄長大人知道風間少校這個人？」

「嗯……他在山岳戰、森林戰是世界級專家，知名的古式魔法師。在空降部隊的運用上，也號稱是現在國內首屈一指的名指揮官。」

修次的表情與聲音，混雜著興奮與畏懼。

「妳知道大越紛爭吧？在那場紛爭，大亞聯盟企圖南進中南半島，他加入以游擊戰對抗的越軍，使得大亞聯軍……尤其是擔任先發部隊的高麗軍，將他視為惡魔或死神般畏懼。」

修次輕輕呼出一口氣。興奮化為憧憬、畏懼化為嘆息。

「這是他不到二十五歲……和現在的我差不多年紀發生的事，所以他基於某種意義是傳說中的人物。不過，聽說當時的軍方中樞想避免和大亞聯盟正面衝突，他也因而被高層盯上，再也沒機會升為將領。」

哥哥這番話，使得艾莉卡也忘記眼前要處理的事，很想說聲「真是的……」嘆口氣。

立功者成為消極主義犧牲品的構圖也在這裡出現。這種做法遲早會毀掉國家吧？艾莉卡明知這不是自己這種丫頭該思考的事，還是不由得如此思考。

「傳聞中的獨立魔裝大隊，就是風間少校率領的部隊啊……既然這樣，各種像是都市傳說的事蹟就能得到解釋。而且，既然司波達也是這個部隊的成員，就能稍微認同他為何具備不符年紀的實力了。」

艾莉卡在內心獨白的同時，修次也像是說給自己聽般低語。

多虧這樣，艾莉卡得以將注意力移回原本的目的。

「兄長大人。我是在橫濱事變見到風間少校。如果不是那種緊急狀況，司波同學的祕密應該不會曝光。我當時覺得這是如此重要的機密。」

「唔……獨立魔裝大隊本身就具備祕密部隊的性質。既然高中生以非正規兵的身分加入，確實應該是基於相當的理由吧。」

「我違反禁令，向兄長大人說明司波同學的身分，正是因為希望您明白這件事。」

「換句話說，艾莉卡，妳的意思是我不應該繼續深入調查他的隱情？」

「是的。我認為要是到最後打草驚蛇，對兄長大人或千葉家都沒好處。何況這條蛇可能是擁有劇毒的大蛇。」

「嗯……妳的意見有道理。但我雖是學生，卻已受軍方管轄，無法違抗正式命令。」

「既然這樣，只要遵守表面上的命令就好吧？始終只以護衛身分行事，僅止於在他遭受攻擊的時候採取應對措施。」

「原來如此……我明白了。我朝這個大方向檢討吧。」

……看來勉強沒提到「四葉」之名就成功說服二哥。艾莉卡藏起安心的表情行了個禮，目光沒相對就從修次房間告辭，回到自己房間。

艾莉卡回到自己在別館的房間後，拿起桌上收信燈號閃爍的情報終端裝置。「青山墓園啊……」她閱讀郵件之後輕聲這麼說。沒時間坐下休息，就脫去身上的衣物。雖然「良家子女」不應該這麼沒教養，但她剛才說服修次耗損許多心力，因此是刻意以這種動作鼓舞自己。

她穿上襯鎧——具備防彈、防刃效果的多功能合成橡膠襯衣，外頭套上人造皮騎士外套與短褲。膝蓋是不會妨礙行動的護具，雙手是手心與手指內側超薄的合成纖維手套。艾莉卡確認外套

口袋裡的小東西都在之後，拿著武器走向別館玄關。短褲加及膝長靴是很適合她迷人長相的時尚穿著，但她要前往的地方不是夜晚的繁華區。

「艾莉卡親衛隊」的成員在別館外待命。他們是本次「吸血鬼事件」的千葉家部隊主力，也就是成為艾莉卡的部下而效力。

「走了。」

艾莉卡以平淡語氣告知。

男性們絲毫沒露出不滿神色，跟在她的身後。

穗香租借的住處，真的是小巧雅致的出租住宅大樓。格局是一房一廳附廚房，但廚房只以聊勝於無的程度附屬在客廳，實際上只有一房一廳的大小。

即使如此，自用臥室也和客廳分開，這應該是身為女生不能讓步的界限。即使是男生達也，要是打開大門就立刻看得見自己睡的床，也會覺得不太愉快。

達也在客廳和深雪一起喝茶。琵庫希想依照自己原先的製造目的幫忙泡茶，穗香卻慌張阻止她，由自己準備茶水。端上桌的是番茶（註：味道較苦澀的綠茶），應該是穗香的嗜好。

當事人穗香正在另一個房間換衣服。雖然隔音很完美，卻總令人感受得到匆忙的氣氛。兄妹兩人當然都明白基於禮儀必須假裝不知情。

穗香現身時，兄妹剛好喝完綠茶。

「兩位久等了！」

迅速跑出房間的穗香，服裝風格基本上近似深雪。

上半身是短大衣，大衣底下看得到高領毛衣。下半身不是彈力長褲，是迷你褲裙加上厚內搭褲。內搭褲末端是環狀，只露出趾尖與腳踝，別名踩腳褲。

褲裙長度剛好被短大衣的衣襬遮住，所以乍看像是內搭褲上頭什麼都沒穿。是頗為引人注目——應該說吸引男性目光的服裝搭配。

不過並非不實用。穗香的內搭褲是以高度保暖又耐磨的纖維編織製作，達也知道這種纖維也用在野戰大衣。他從頭到腳大致打量穗香的衣物之後微微點頭。

「那麼，出發吧。」

不曉得穗香怎麼解釋達也這個動作，她掛著差點笑開懷的表情跟在達也身後。

頭髮別著達也所贈送，左右成對的水晶。水晶的光輝使得琵庫希短短一瞬間，做出像是被吸引目光的反應，但是達也、深雪與當事人穗香都沒察覺。

「哥哥，接下來要去哪裡？」

經過剪票口，搭乘電扶梯向上前往月台時，深雪看周圍剛好沒人，如此詢問達也。無論目的地是哪裡，深雪只須跟著達也一起走，但她並非毫不關心要去哪裡。

「青山墓園。」

穗香也同樣關心這件事，不過考量到現在的時間，即使不提好感或信任，她聽到達也的回應之後臉頰抽搐，或許也是在所難免。面不改色的深雪在青少女之中一定是少數派。

「不合季節的試膽大會……看來應該不是這麼回事，對吧？意思是『妖魔鬼怪會出現在這種地方』？」

「真敏銳。」

間接肯定妹妹推測的達也，雖然有所克制，表情卻似乎有些高興。

「哥哥的想法，我當然猜得出來。」

深雪也喜形於色地回以笑容。

小小的刺插入穗香胸口。

「那個，達也同學。時間這麼晚，墓園應該關閉了吧……？」

如果是直到前天的她，應該會害怕刺痛而退縮。

但是好友昨晚激勵的話語，不是留在穗香的意識，是留在她的胸口。

穗香從電扶梯的上一階，像是插嘴般詢問。

深雪露出「哎呀？」的表情，但達也看起來不以為意。

「應該進不去。但即使如此也無妨。只要到那附近，對方就會主動前來。我就是為此而帶琵庫希一起去。」

達也依照詢問琵庫希的結果，認為其他寄生物不容許現在的「她」存在的方式。對於以生命體身分配合步調的其他個體來說，失去自我增殖慾望的琵庫希，是步入歧途的存在。既然個體數量極少，他們應該會試圖取回囚禁於琵庫希這具機械裡的「她」。寄生物受到自我防衛與維持種族這兩項基本衝動支配，為此採取的行為模式也應該和人類相同。

「即使有外人看見，穗香也會幫忙處理吧？」

穗香使用「光學迷彩」的實力，達也不只是聽說，後來還親眼看她示範，所以達也很清楚。這是ＵＳＮＡ軍支援成員使用的「暗幕」完全比不上的高等技術與本事。穗香是最適合協助藏匿行蹤的魔法師。

只不過，這是達也嘴裡說得好聽。實際上他不認為會發生非得藏匿行蹤的狀況。

但是，達也還沒清楚理解一件事。

這種玩笑話對穗香不適用。

「請交給我吧！」

穗香充滿自信，反倒是以溫和的語氣說完後，輕輕拍胸口。達也見狀做出「反應真誇張」的天大誤解。

位於市谷一角，中等高度大樓的地下，是國防軍情報部防諜第三課的「總部」。

如果防衛省內部的總部是表面上的國防軍諜報活動中樞，這間「地下分部」就是背地裡的真正中樞之一。以「之一」形容中樞原本很奇怪，但這是為了避免陷入「總部淪陷導致機能癱瘓」的事態，算是風險控管的產物。

建立這種和慣例不同的組織形態的副作用，產生了嚴重的弊端。

諜報組織都會具備「左手不曉得右手在做什麼」的一面，在這裡尤其顯著。不會只憑一己之力為所欲為，這部分堪稱還算有救，但是各單位實際上都有不同勢力支援，而且都依照支援者的要求各自行動。

國防軍情報部組織內部，抱持著嚴重的多頭馬車問題。

「監視對象正朝東京都心方向移動，同行者包括妹妹與另外兩人。」

這間地下分部的贊助者是大型電機製造商的業界團體，同時也是國內第二的軍需產業集團。

而且七草家深入控制這個聯盟。防諜第三課的真正贊助者亦可說是七草家。而他們現在不同於七草、十文字聯盟的真由美等人，是依照「七草家當家」的意圖行動。

「核對影像……一人是國立魔法大學附設第一高中一年級的光井穗香。」

「是同學啊。居然帶著妹妹約會，真是奇怪的嗜好。」

看似場中負責人的人物以嘲諷的語氣回應，不過換個角度也可以解釋為嫉妒。

「另一人……不，這不是人類。推測是人型家事輔助機械Ｐ94型。」

「ＨＡＲ的人型終端裝置？他要帶這種東西去哪裡？」

男性歪過腦袋由衷納悶之後，另一個負責人出聲。

「還沒入侵電動車廂的運作系統嗎？」

「是，防衛機制太堅固……非常抱歉！」

負責人沒有斥責部下堪稱發牢騷的這段發言。要是大眾運輸系統的管制中心輕易允許外人入侵，就有遭受恐怖攻擊的憂慮了。他也明白這一點。

「主任，目標對象搭乘的車廂更換了軌道。」

「往赤坂……不對，青山？」

主任依照螢幕顯示的車廂路線輕聲推測去向，停頓片刻之後下令：

「派偽裝成警員的管制員前往青山大道進行部署。只要目標一行人使用魔法，就假裝逮捕，抓走他們。」

各處響起接獲命令的回應以及朝著通訊機指示的聲音，主任繼續注視著螢幕。

◇ ◇ ◇

巴藍斯上校全身無力，坐在大使館為她長期逗留所準備，附全套家具、以週為單位出租的公寓（也就是所謂的週租公寓）。

雖說是臨時，卻容許作戰總部被入侵，而且沒展開堪稱戰鬥的戰鬥就被綁架，在海面漂流時被別國船艦拯救。如此出醜的嚴重失態，重創她的資歷與矜持。

出乎意料的是，祖國以及駐日大使館的軍方官僚並未特別責備。因為這次出醜的不只是她，還包括派來保護臨時總部的特殊部隊，以及小型船艦遭劫的海軍（應該說ＵＳＮＡ海軍的尊嚴受創得比她還慘），因此可以理解不能只責備她。

然而，事情不只如此——她殘留的氣力還足以如此推測。

但也無法否認自己的狀況很差。

甚至當她因為門鈴突然響起而抬頭，才首度察覺夜已深。

聽得到擔任護衛的女中士在應門。

護衛倒抽一口氣的聲音傳入巴藍斯耳中。

「打擾了。」

接近巴藍斯所在起居室的腳步聲，以及申請進入的聲音都亂了分寸。

「進來。」

巴藍斯在沙發上端正坐姿，謹慎以穩重的聲音回應。不能讓下屬看見軟弱的模樣——超越意志或情感而植入內心的軍官守則，促使她這麼做。

起居室的門被鄭重打開再關上。在眼前敬禮的是身穿褲裝的高䠷女性。她是比起容貌或學歷更重視個人戰鬥能力而獲選的士官，實力與膽量都是超水準。巴藍斯對這名中士的評價很高，甚至認為昨晚要是她陪在身旁，結果或許會稍微不同。

然而——這樣的她臉色蒼白，繃緊表情。

巴藍斯直覺事態非比尋常，從沙發起身。

「什麼事？」

「有人要求面會上校閣下。」

「什麼……？」

巴藍斯逗留於此處是祕密。即使如此，如果只是軍方（意指USNA軍）的人來見她，護衛的中士沒必要緊張到這種程度。來訪者是大使館人員也一樣。換言之，造訪者是無視於USNA

的情報封鎖，即使是局外人卻知道她在這裡而來要求會面。

巴藍斯甚至不想花時間對中士下令，自己主動操作遙控器，將門口監視器的影像傳送到客廳大螢幕。

映在螢幕上的，是以平靜表情佇立在門外，身穿古典洋裝的嬌憐少女。

巴藍斯的意外感超過限度，整整當機五秒。

「……她是誰？」

巴藍斯終於重新開機之後，認出在少女身後待命的兩名健壯男性。一人小心翼翼拿著推測是少女所穿的大衣，應該是她的隨從，也就是隨扈。

年約十五歲的少女，隨身帶著看起來就不是普通人的隨扈。

明知非得警戒，卻無法阻止現實感逐漸被侵蝕。

「她叫作黑羽亞夜子。」

中士說到這裡就停頓了下來，看起來像是在吞嚥口水，但巴藍斯聽完她下一句話就覺得這也在所難免。

「自稱是四葉家的特務。」

「巴藍斯女士，很榮幸見到您。我是黑羽亞夜子。今天以四葉家代理人身分來打擾。」

少女以流利的英文問候巴藍斯。

但她完全沒使用對軍人、對高階軍官的敬稱。

她習得如此完美的發音，很難想像沒有這種程度的詞彙能力。

換言之，她是故意的。

自報姓名時先說姓氏，應該也同樣是故意的。

「我是ＵＳＮＡ統合參謀總部上校瓦吉妮雅・巴藍斯。恕我失禮，我想在妳說明來意前先請教一件事。」

「哎呀，什麼事？如果我能回答，我很樂意。」

這名少女的年紀看起來比希利鄔斯少校小，但是當成協商對象時較為棘手。

比起好歹是ＵＳＮＡ最精銳的魔法師部隊總隊長，經歷過各種場面的莉娜還棘手。

眼前的少女不是普通人。巴藍斯重新將這件事記在心上。

「妳說的四葉家……是那個『四葉』？」

之所以說得比較抽象，是考量到萬一有所誤解時的應對。

不過，即使問得不夠具體，少女也露出甜美的微笑。

「是的，就是那個四葉沒錯。我身為十師族之一，四葉家當家——四葉真夜的代理人，有事前來相求。」

即使做好心理準備，知道幾乎不可能猜錯，要接受對方乾脆告知的事實也非易事。

日本的四葉。

對於魔法界的人來說，尤其是涉足將魔法利用於軍事的人，這是某種不可侵犯的領域。

他們不像希利鄔斯少校，擁有獨力就能匹敵一支軍隊的強大破壞力。

四葉的存在方式完全相反。

雖然四葉家現在（暫且）服從日本政府，但甚至有人宣稱，若他們潛入幕後成為恐怖分子，或許會點燃第四次世界大戰的戰火。

他們是如此瘋狂鑽研「魔法」這個領域的集團，並非受到尊敬，只受到畏懼。

「有事相求？」

「是的。是希望您務必接受的請求。」

「我洗耳恭聽吧。」

巴藍斯晚一步才察覺沒端茶水接待客人。

但如果在這時候打斷話題準備飲料，才真的是無謂之舉。

巴藍斯專心聆聽少女即將編織的話語。

「那我恭敬不如從命了。想請女士終止現在的任務，也就是停止干擾我國魔法師。」

「…………」

所謂的「干擾」不用多說，應該是指她負責指揮的諜報戰，對日本非公開戰略級魔術師的調查、接管（綁架）與癱瘓（暗殺）作戰。巴藍斯當然想過這名少女的「請求」——四葉的要求可能是這件事，應該說她預料這個可能性最高。

不過，少女的要求更勝於「中止」的預料，巴藍斯無法立刻對這不客氣的要求起反應。

「以巴藍斯女士的高度，我想您知道我國的『十師族』是怎樣的系統。」

少女講得像是「如果不知道，我可以告訴您」。巴藍斯即使對她的語氣反感，依然點頭回應。這時候裝蒜也沒意義。

「我們的當家——四葉真夜，擔心您這邊過度干涉。貴國與我國是同盟國，當家不希望將這種事化為火種。」

「……這是警告？警告我再不收手就會點火？」

亞夜子沒回答巴藍斯的問題，再度露出甜美的微笑。

「女士，您昨晚睡得好嗎？」

「那是你們幹的好事？」

巴藍斯回神才發現自己從沙發站起，探出上半身。

如果桌面稍微窄一點，她或許已經揪起少女的衣領。

「請問……您在說什麼？我是看女士氣色不是很好，才冒昧表達關心之意。」

嘴裡說關心，卻一點也沒有露出擔心的樣子。

少女在笑。絲毫沒隱藏自己明白一切、洞悉內情的表情。

「巴藍斯女士，請冷靜。可以的話，我們希望和女士建立良好的關係。」

「良好的關係……？」

雖然不是被少女提醒，但巴藍斯察覺若在此時此地厲聲斥責她，不只沒意義而且有害，因而坐回沙發。少女接下來說的這段話，更加挑動巴藍斯的情緒。

「我們四葉家的實力正如女士所知。而且我們也非常清楚女士的實力。」

雖然情緒幾乎差勁到極點，理性卻命令巴藍斯聆聽少女的話語。

自稱四葉家代理人的少女說她知道巴藍斯的實力。不是ＵＳＮＡ軍或STARS的實力。

換句話說……

「當家表示，若女士願意從本次事件收手，我們將不會忘記對女士個人的感謝。今後若有機會，應該能成為女士的助力。」

這是迷人的提議。

若是和那個「四葉」建立私人交情，在軍中就是能補回昨晚失去的地位還有剩的武器。巴藍斯昨晚才親身體驗到他們的實力。

少女嫣然一笑。

糾葛的天秤倒向理性的一側——名為慾望的理性。

巴藍斯上校決定，在美麗少女外型的惡魔遞出的合約書上簽名。

從青山的高架車站往下走到地面第一層人行道，達也就感受到緊盯不放的監視目光。而且不只一兩個。達也依照出門前和葉山的對話，就預料到有人在監視。雖說如此，對方熱中投入這麼多人員，還是超乎他的預料。

應該不是得知或預測他們兄妹和四葉的關係，投入較多戰力以備四葉介入。

到頭來，這個國家的諜報機構，即使得到七草撐腰，應該也不會冒險和四葉起衝突。

招惹四葉將有什麼後果……達也兄妹的母親與姨母在少女時代被捲入的那件事，內情、公安與情報部應該已切身體會。儘管不是目標對象，只是被報復行動波及，卻也被修理得那麼徹底的記憶，並非二十年或三十年就能忘記。何況四葉的實力（以意義來說，比起權力更像暴力的「實力」）相較於當時更加強化。

達也至此中斷思緒。因為注視他們的視線增加了。新的異質視線。

不同於人類的魔物目光。

專業諜報員受命接下「監視三名高中生與一具家事機器人」這種任務，難免稍微鬆懈。

累積資歷之後就學會如何偷工減料，這是常見的一面。雖然也有那種隨時全力以赴，工作時絕對不會偷工減料，正經八百過頭的工作狂，但偷工減料與摸魚雖然相似，卻是兩回事。

形容成「偷工減料」總會給人不好的印象，但偷工減料的方法在於步調的分配。也就是如果工作只須五分力，就不會投注十分力。

比起無視於工作難度，總是投注十分力，應付五分的工作只使用五分力，即使每個步驟完成的速度比較慢，到最後還是可以解決較多的工作。「習慣」也是一種技能。

然而這樣並非只有優點，也有缺點。這也是事實。

對於偽裝成警察的中堅諜報員來說，跟蹤與監視是至今完成無數次的任務。他們依照這些豐富經驗的指示，下意識地保留注意力，但這次造成反效果。

他們接到的任務，是監視對象使用魔法時，立刻以逮捕為名義綁走。

為此領取的檢驗儀器偵測到魔法。

不是因為計量表變化，而是因為警報聲響起而擺出架式的下一秒——

——眩目的光之洪水洶湧淹沒男性的視野。

出乎意料的先發制人。

完全是敵對行為。

反擊的意識，沉入閃閃發亮的水底。

「達也同學，我讓監視我們的那些人全部睡著了。」

「辛苦了。」

穗香得意洋洋地如此告知。明明在慰勞她卻得防止表情抽搐，對達也來說也是需耗費好一番工夫的事情。

異質氣息逐漸接近。並非人類……幾乎可以應該是寄生物。應付寄生物的時候，人類的監視者會礙事。

擅自在街上使用魔法，原本是違法的行為。視線如此緊迫盯人的對方，不可能是善良的市民或正當的公僕，但因為不正當，所以更不方便被對方看見己方以魔法交戰的樣子。達也告訴同行者有人監視，是要提醒她們在甩掉對方目光之前，不要貿然使用魔法。

實際上，達也接下來原本想將這個提醒說出口。

然而穗香比他更快行動。

『即使有外人看見，穗香也會幫忙處理吧？』

穗香將達也這句話美妙地進行擴大解釋。其實她心裡頭認為「達也同學第一次拜託我！」而樂不可支。

由於穗香平常就展現頗為一意孤行的個性，所以不只是達也，深雪也不太在意，但今天的她和以往不太一樣。

穗香擅長的魔法是光波振動系。操縱光是她的拿手絕活。

她向達也詢問監視者的分布狀況，自己也以光線的折射與強弱確認對方位置之後，就真的是在對方的「眼前」突然製造劇烈閃爍的聚合光。

這是洗腦魔法——「邪眼」之光。

察覺到這件事的達也，還是焦急了起來。

暗示的效果只限於讓對方「睡著」，所以達也沒妨礙穗香發動魔法，但他沒自信這個判斷是否正確。在魔法之中，具備暗示效果的術式，和直接危害軀體的術式列為相同等級，被判定是惡質的違法行為。如果被真正的警察抓到，不會只以告誡了事。即使是未成年，應該也無法免於被判處實際刑罰（恐怕是以「使用魔法的公益服務」為名義的勞役）。

穗香發動「邪眼」的速度與精密度，恐怖組織「Blanche」的首領完全無法相比，而且她是同時對四人發動。達也一邊佩服她的本事，一邊覺得必須盡快移動。

「在這些傢伙的同夥趕到之前離開這裡吧。」

帶穗香過來果然是敗筆嗎……達也慢半拍才思考這種事，對同行者如此告知。

◇　◇　◇

「真是令人頭痛的小姐……」

以市區監視系統——街道監視器為主，連同毒氣偵測器與違法高功率電波檢測器一起安裝的想子波雷達，是用來尋找未經許可使用魔法的人。藤林在雷達螢幕面前下意識嘆了口氣。

「很高明的技術嘛。記得她叫『光井穗香』？」

從後方傳來的，是純粹評定魔法師本事的聲音。

外公毫無弦外之音的悠哉發言，使得藤林好想再度嘆氣。

「是的，外公。她是第一高中一年級的光井穗香。」

藤林的回應，使得九島烈「嗯嗯……」微微點頭。

「擅長那個系統的魔法，而且姓『光井』，應該是光之元素的血統吧？」

「我不知道這麼多。要調查嗎？」

「不，沒必要刻意調查。」

九島老者聽外孫女這麼問，掛著親切的笑容搖頭回應。

「話說回來……這就代表有實力的人會吸引有實力的人，異能會喚來異能吧。他身旁有很多有趣的人才。」

「不只是能力層面，個性方面有趣的孩子似乎也很多。」

藤林隨口說著過分感想，戴著管制員專用薄手套的手指，在觸控面板控制台忙碌滑動。

市區監視系統從系統層面來看，是硬體與軟體兩方面都十分強硬，無法通融的系統。不過相對的，在營運層面很好通融。行為舉止不方便被系統平等紀錄的傢伙，在政府部門內部也比比皆是。要是無法手動限制紀錄範圍，應該沒辦法在市內架設如此廣泛的監視系統。

這次的吸血鬼騷動也一樣。為了確實享有擅自使用魔法的免責權，七草與千葉做好安排，讓監視系統不留下任何資料。

真由美負責這方面的指揮，作為情報管制的一環，但她即將應考，所以由藤林代理。

不過以藤林的狀況，她並非指使他人處理，而是自行操作控制台。藤林和真由美不同，她偷看得知七草家當家一方面協助隱藏女兒手中棋子的情報，另一方面瞞著女兒命人偷看，所以不想將這件事交給他人處理。

藤林不是入侵系統，是以正規管制員身分操縱系統，所以技術層面比平常輕鬆，同時操作層面也受限而無法自由發揮。

但這也是沒辦法的事。

這份工作表面上是接受委託而進行，其實是私下主動安排，讓自己得以介入。不能和往常一樣為所欲為。

既然外公在身後觀看，就更不用說。

對於她來說，或是對於派遣她的人（也就是策劃讓她代理這份工作的人）來說，九島老者在現場見證，是超乎預料的事態。

藤林沒問外公為什麼在這裡。

雖然是外公，兩人卻沒有很親密。她總是叮嚀自己身為藤林家的人，不能對九島家的前任當家展現過於熟識的態度。

何況，既然七草家與四葉家之間出現火種，九島烈出面滅火也沒什麼好奇怪。

藤林響子的外公，是知道司波達也真面目的少數人之一。

「這種物以類聚的狀況，是以他為中心吸引別人……還是他受到別人的吸引？無論如何，看來他出生於距離安穩生活很遙遠的環境。」

「說得也是。他看起來像是拖著別人跑的一方，其實或許是被拖著跑的一方。」

藤林注視著螢幕如此附和。

如果她回頭看外公的表情，或許會察覺這段話暗藏玄機。

但是，沒能如此。

「物以類聚」這句話，包括以風間為首的獨立魔裝大隊眾人，也包括身為大隊成員之一的藤林。但不知道是幸或不幸，外公的意圖沒能傳達給外孫女。

正如預料，沒能進入青山墓園。

也沒這個必要。

沿著戰後建造的高牆（防止沒水準的人做出拍照等冒昧行徑）進行夜間散步的時尚（？）三人加一具，明顯感受到前方有氣息接近。

『主人，三具「寄生物」接近中。』

琵庫希的心電感應，使達也停下腳步。

為了吸引寄生物前來，達也准許琵庫希不使用機體的擴音器，而是使用心電感應。

達也命令琵庫希也要將心電感應傳達給深雪與穗香。

兩名少女也幾乎在達也停下腳步的同時停止前進，依偎在達也兩側。

兩人沒露出恐怖的神色，卻藏不住緊張。

達也自己也並非不緊張，所以沒對兩人的態度不滿。

達也依照之前的決議，按下行動終端裝置的發訊鍵。從導航系統取得的現在位置，應該會傳送給艾莉卡與幹比古。他們將會立刻率領千葉家的勢力來到現場。等到他們依照預定各就各位，就會展開行動逮捕寄生物。

但若對方來意不善，達也不打算等同伴抵達。

達也從左側懷中抽出銀色愛機。握著手槍形態特化型ＣＡＤ「三尖戟」的右手自然垂下，等待寄生於人類的妖魔到來。

深雪守護達也身後，架起情報終端裝置形態的ＣＡＤ背對背而站，穗香右手放在左手所戴的手鐲形態ＣＡＤ，在達也身旁交互看著前後方。

相當可靠的樣子，使得達也不經意露出笑容。

緊張感在出乎意料的地方得以放鬆。

他緊張的源頭，在於擔心這兩名少女遭受危害。

這兩人應該沒問題。這種感覺消除前述的擔憂。

達也重新定睛注視路燈光芒後方。

三個人影從前方接近。腳步毫不迷惘。看來正如當事人琵庫希所說，寄生物確定也能偵測琵庫希的所在處。

雙方就這樣沒有出手，繼續拉近距離。

接近到能夠辨識彼此衣物的距離時，來自前方的「兩具」寄生物停下腳步。

另一具繼續走向停在原地的達也。

突兀感隨著對方身影更加清晰而增強。

達也立刻推測出這股突兀感的真相。

視覺得到的情報，和觸覺接收的情報不同。

對方身穿極為平凡的雙排扣大衣加斜紋棉褲。不是隱藏體型的大衣，而且「這次」並沒有戴面具。五官與四肢也沒有脫離平凡的範疇。即使如此，明明具備人型，卻洋溢非人類的氣息。這或許就是所謂的妖氣。

達也仔細觀察對方時，他和寄生物之間的距離，縮短到聽得見彼此聲音、看得見彼此表情的間距之後靜止。

「司波達也，我們這邊想跟你談談。」

達也不打算主動搭話，所以對方正如預料先打開話匣子。目前是名為對話的和平形態（遣詞用句暫且不提），這也姑且處於預料範圍之內。

不過，對方直呼姓名，令達也略感意外。

「我該怎麼稱呼你？」

對此，達也如此回應。

被寄生物附身的男性，張到一半的嘴說不出後續的話語。這種程度就語塞，達也覺得很像人類的反應。看來即使人格被占據，情感基礎還是沒變。

說不定「占據」這樣的理解是錯的。從琵庫希所提供的情報推測，寄生物主體只具備原始意識，情感似乎也只發展到類似的程度。寄生物或許沒有足以占據人類的自我，而是以同化的人類為基礎構築新的個性。達也換個想法認為如此解釋可能比較好。

「馬堤（Malte）。」

達也如此思考時，寄生物簡短回答。這是回覆「該怎麼稱呼你」這個問題的自我介紹。達也稍微知道，這個詞在西班牙語或義大利語是「火星」的意思。

原來如此，雖然日文發音流利，長相卻明顯是白人。未曾出國的達也只學習相關知識，但眼前這名男性具備西班牙裔血統的特徵。無論這是本名或代號，不，十之八九應該是代號，不過他自稱「馬堤」並不奇怪。

只不過，達也並不曉得STARS成員依照階級分成行星級、衛星級等團隊。他以為STARS的代號正如字面所述，只以「恆星」為名。所以不曉得「馬堤」這個名字是意識到STARS行星級「火星」的代號，源自於宿主曾經以行星級候選人身分接受訓練，最後卻沒能成為STARS的嫉妒、依戀與羨慕。

「那麼，馬堤先生。不對，應該以西班牙文稱呼你Señor Malte？究竟有什麼事？」

所以這個詢問沒有太深的意義。「火星」這個代號對達也來說只是標籤。

達也這種毫不在乎的語氣，之所以會使得對方透出了不悅的表情，應該是因為講話被打斷而不耐煩。

「小弟弟，要叫『先生』。」

即使自稱馬堤的寄生物，以「小弟弟」這種瞧不起人的語氣挑釁，達也也只覺得他頗為性急，並無其他感想。

「所以，有什麼事？」

就算進行挑釁大戰拖延時間，達也其實並不介意。但同行者看起來逐漸沉不住氣，因此他決定推動話題。

「……司波達也，我們沒有繼續和你們為敵的意圖。」

看來對於「馬堤先生」來說，直呼全名比起「小弟弟」更具備禮儀。

不過達也完全不在意（因為打從一開始就不期待對方具備禮儀）。

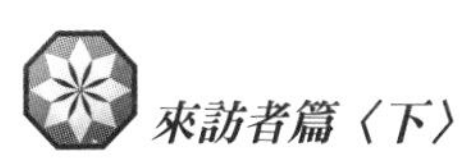

「你說的話實在太抽象，我聽不懂。『我們』是指誰？『你們』是指誰？而『敵對』又是指什麼意思？」

比起禮儀，對方要說的事情重要得多。

「──我們惡魔，今後沒有繼續對你們日本魔法師採取敵對行動的意圖。」

（用「惡魔」這個詞嗎……）

不是妖魔、鬼魂或幽靈，是惡魔。這似乎是他們的自我認知。達也沒聽琵庫希提過這個詞，所以對方應該是在進行這場協商之前，先商量要如何對人類自稱。

達也之所以會差點露出苦笑，是因為他知道有人將他的分解魔法稱為「惡魔的右手（Demon Right）」。這是因為他發動分解魔法時，大多以右手CAD瞄準對方而得名，但即使如此，達也對這個稱號也沒有任何親近感。

「所以？你們應該還有其他來意吧？」

達也對自稱馬堤的寄生物這句簡短回應有意見。

不過，他決定先讓對方盡量表態。

「我承諾不會和你們敵對，相對的，希望那具機器人能交給我們。」

琵庫希身體看似大幅顫抖，應該是達也的錯覺。即使內藏何種東西，機器人和這種生理反應理當無緣才是。

「……那個，馬堤先生，可以講得詳細一點嗎？就算你說交出琵庫希，要是你沒說明原因，我就無從回應。」

「但我覺得沒必要說明啊。我才要說，你們應該沒理由保護那具機器人。」

「有沒有理由，是由我們決定。」

達也的回應令馬堤蹙眉。考量到對方實際年齡比外型差一輪以上，這張不悅的表情也堪稱不值得稀奇的反應。

「……這是為了釋放受困於那具機器人裡的同胞。」

達也聽完回應，刻意裝模作樣地歪過腦袋。

「機器人不能當成宿主？」

馬堤的表情越來越嚴肅。

「我不知道你們的想法，但我們是生物。而且我們之間的連結，比你們人類強得多。同胞身為生物卻受困於非生物的容器，我們想帶回這樣的同胞。你無法理解這種想法嗎？」

不過，他的聲音及語氣依然有效壓抑情緒。

「不，我理解。」

達也的回應也配合他的態度，相當乾脆。不過，這是因為馬堤的回應和琵庫希提供的情報相同，沒能引起達也的興趣。反過來說，這就證明了琵庫希的發言屬實。達也心想問答可以到此為止，繼續進行用來拿捏出手時機的對話。

「不過，你們要怎麼做？」

「破壞機體。我們失去現任宿主，就可以移動到新的宿主身上。」

「原來如此……琵庫希，似乎是這麼回事。妳期望從那裡解脫嗎？」

『主人，我不要！』

達也也不是當真詢問。既然附身於非生物依然具備保存自我的慾望，就不可能願意被破壞。3H的基本程式，也在允許範圍內適用於機器人三原則——禁止危害人類、服從人類，以及在不違反前述原則的範圍自衛。

不過，以心電感應表達的抗拒意志，比預料的強烈許多。

『我就是我。我的願望是歸主人所有。這就是我。』

這是超過原始自衛本能的自我主張。

『我原本是何種存在，成為我核心的這份願望來自何處，對於現在的我來說都不重要。我不願意變得不是我。』

不只是達也，不只是三具寄生物，穗香與深雪也聽見琵庫希的心電感應。

穗香咬緊嘴唇。

深雪的嘴唇綻放笑容。

「哥哥，她這麼說喔。」

「是啊。」

達也的嘴唇也浮現微笑。

出乎意料的熱烈訴求，不可思議地不會讓他冒出苦笑。

寄宿於機器人的魔物表達這份心意，不知為何不會讓他避諱。

「那麼，我想你應該在某種程度預料到我們這邊的回應了……但我想在清楚回答之前，詢問兩三件事。」

「司波達也，看來你比想像還愚蠢，我很失望……好吧，想問什麼就說說看吧。」

「你剛才說沒有繼續對『魔法師』採取敵對行動的意圖，對吧？為什麼對象不是『人類』，而是『魔法師』？」

沒有回應。

不對，如同嘲諷般扭曲的嘴唇就是回應。

「如果我接受要求，你們惡魔就不會和魔法師敵對。那對於魔法師以外的人類呢？」

「…………」

「你們破壞琵庫希的機體後打算以什麼當宿主？不，你沒必要回答。不用問也知道。」

「……盡是有著這些不必要的小聰明。」

馬堤看著眼神如鋼的達也，以及在他身後擺出架式的少女，裝模作樣地聳了聳肩。

「無法理解。明明允諾不會和你們敵對，你們為何沒因此滿足？如同我們惡魔無法和人類相容，你們魔法師和人類也是異質生物吧？」

「喔？」

寄生物突然開始演講，達也假惺惺地附和。

但雖說是演講，也只是煽動群眾情緒的那種演講。

不可能伴隨著注意語氣假惺惺的可嘉心態。

「我的宿主也是魔法師。」

馬堤說著，以誇張手勢按著自己的胸口。

這個人或許在被寄生物附身之前，是專門負責煽動情緒的工作。這麼一來，「火星」這個代號就不夠貼切，反倒是「水星」比較適合。

寄生物無視於達也的白眼，高談闊論的話語逐漸加溫。

「所以我知道喔。我知道魔法師受到人類何種對待。」

「你說說看是何種對待？」

「對於人類而言，魔法師是道具、是白老鼠。人類不會顧及魔法師的意志，只當成利用魔法之力的道具使喚，只視為激發更多魔法之力的實驗材料。」

雖然只是似曾相識的演講內容，但達也決定讓這個寄生物講完。

「人類滿腦子只想利用魔法師，為什麼要對人類盡情分？你們應該沒有這種道義才對。你們有自己的意志與希望。對吧？」

馬堤以非常誠懇的表情回視達也。

馬堤演講完，達也筆直注視著他。

達也輕聲嘆氣。

「但我覺得，被利用的不只是魔法師。」

他以暗藏玄機的語氣，回應面有慍色的寄生物宿主。

「該怎麼說……你這番話聽起來只像是照本宣科。」

而且，達也的嘴唇浮現嘲笑。

「明明將別人視為愚者……看來你是笨蛋。」

男性眼中搖曳著怒火。

不知道是寄生物的情緒，還是宿主的情緒。

馬堤正要開口時，達也打斷他並且說下去。

「不危害我們魔法師，這實在是好事。不過，你們已經危害到我的同伴，危害到我朋友之中的魔法師。你對這件事連一句道歉都沒有，就宣稱今後不會危害，我哪裡有理由相信你的說法？

這種東西和尊重魔法師人權的口號沒什麼兩樣。何況你還用這種空談當成交換條件逼我們聽命，厚顏無恥也要有個限度。」

達也暫時中斷這段冗長的話語，再度無趣般地嗤笑。

「這麼說來，我還沒回答剛才的問題。我的回答是ＮＯ。」

「小子……」

「別放話說出『你別後悔』這種制式抱怨啊。聽你這麼說，我會覺得丟臉。」

馬堤雙眼釋放殺氣的光芒。

他右手一揮，袖口出現一把刀。刀柄和大衣相連，看來不是普通的小型刀，而似乎暗藏著某種機關。

其他寄生物也同樣拿出刀。

達也見狀，冰冷地眯細雙眼。

「真是淺顯易懂。那麼，我也講得淺顯易懂吧。」

達也故弄玄虛地咧嘴一笑。

「丟下武器乖乖投降吧。這樣就不用嚐到苦頭。我保證你們享有幸福白老鼠的待遇。」

「你這……人類的走狗！」

控制附身人類的寄生物，受到宿主人類的強烈「願望」支配。

支配與被支配，無限循環的莫比烏斯之環。

被附身之前的「魔法師」馬提，內心恐怕憎恨著管控自己的人。

他充滿憤怒的吶喊令人這麼認為。

並沒有展開啟動式，就出現魔法發動的徵兆。看來寄生物使用魔法，果然不需要啟動式或咒語之類的東西。

不過，達也在這方面也大同小異。寄生物魔法還沒發動，達也的「分解」就破壞用來改寫事象的情報體。

成為所有魔法師天敵的特異能力——直接分解情報體。

「術式解散」這個魔法，對非人類使用的術法也有效。

無聲又無光的寧靜攻防。

但馬提採取的攻擊態勢，是以發動魔法為前提。魔法被取消的意外事態令他僵住不動。

達也不可能放過這個空檔。

馬提四肢根部被射穿，在路面翻滾。

即使身體裡頭寄宿著寄生物，也無法違抗人體基本構造。即使能無視痛楚，肌腱被砍斷就無法驅動手腳。

達也沒拿任何東西的左手，朝向路面的寄生物。

要是破壞肉體，就會飛走尋找其他宿主。

即使以深雪的魔法冰凍，也會自爆逃走。

無須啟動式的寄生物，即使身體無法動彈，恐怕也能使用魔法。

要癱瘓寄生物，必須直接打擊精神情報體。

達也手心緊握想子塊。

他不確定這種做法有效。

但達也沒有迷惘。要是這樣行不通，只能將習得古式魔法封印術式的術士帶來。

在這時候迷惘有害無益。

達也只注入「抗拒」的意念，朝寄生物伸直左手。

凝聚壓縮的堅硬想子砲彈，命中寄生物的胸口。

不是腦髓，是心臟。

這是達也依照琵庫希提供的情報，找八雲商量之後的決議。他們不是依附在肉體器官，是依附在人類的精神。所以命中身體任何部位也沒有本質上的差異。既然這樣，就應該瞄準和全身關連最密切的部位，也就是提供燃料讓細胞活動的心臟。

效果顯著得超乎預料。

寄生物的身體劇烈屈伸，如同剛從海中打撈上來的蝦子。

胡亂翻滾。

被寄生物入侵的身體在抗拒。

命中寄生物的達也意念拒絕著寄生物，被寄生物拒絕。

「哥哥！」

但是很遺憾，沒有閒工夫仔細觀察這副模樣。

深雪的呼叫聽起來十萬火急。

不過，達也的「目光」並未離開深雪。

要是深雪面臨危機，達也無須她呼叫也能察覺。

達也轉過身去。

結果，他看見的是並非冰凍四肢，而是冰凍了衣服封鎖對方的動作，以領域干涉阻止對方施法的深雪。

深雪後方，是被敵方以細線操縱刀刃的武裝演算裝置攻擊得驚慌失措的穗香，以及成為穗香的護盾阻擋攻擊的琵庫希。

「穗香！」

「我沒事！」

穗香以堅定語氣回應，拒絕達也的支援。

她的雙眼蘊含強烈的光芒。

絕對不能礙手礙腳——這份堅定的決心化為光芒。

光芒寄宿於穗香的雙眼。

以及她的髮飾。

達也感覺到想子波急遽高漲。

這是意念能量增強的徵兆。

不是魔法。

是更直接的意念干涉。

緊接著，琵庫希釋放強烈的超能力。

沒經過縝密控制，粗糙而剛猛的事象改寫力，撼動深雪構築的干涉力場。

深雪干涉力場的強度，在現存魔法師之中恐怕也屈指可數，如今卻被撼動。

達也製作新的想子彈，命中妹妹正在應付的寄生物。

抗拒反應之舞再度上演。

然而，達也與深雪現在的注意力不在那裡。

而是位於單純改變運動狀態的事象干涉力——俗稱「念動力」釋放的場所。

穗香突然置身於強力想子波之下而頭昏眼花，琵庫希站在前方保護她。

和她們對峙的寄生物，被擊飛到視野範圍之外。

◇

藤林目睹監視器畫面上演的光景而語塞，聽到身後傳來愉快的竊笑聲才回神。

「……哎呀，出乎意料見識到有趣的東西了。」

外孫女旋轉座椅投以視線，責備外公的輕率。九島老者輕咳一聲，以辯解般的語氣說：

「最後的念動力是3H釋放的吧？我沒聽說會使用超能力的機器人已開發成功。」

藤林坐在想子波感應器的監控台前面，在眼前顯示的測量結果無從掩飾。

「……我也沒聽說。我認為現在的技術不可能做得到。」

「說得也是。無論是魔法還是超能力，現行技術都不可能只以機械重現超能力類型的力量。換句話說，那具3H蘊含機械以外的要素。」

「…………」

藤林口中輕輕發出可以解釋為嘆氣或呻吟的聲音。

「是妖魔寄宿於機器人身上了嗎？」

「…………」

「我聽過關於寄生物的報告，卻沒聽說這種事。」

「我們也沒收到報告，只有私下耳聞。」

「不不不。」

外孫女以僵硬表情回應，九島老者像是安撫般向她搖手。

「響子，我不是在責備妳。何況我早已不是這種立場。我只是深感興趣。」

藤林卸下偽裝的撲克臉。

內心的動搖浮現在臉上，抬頭仰望。

她視線前方的外公，臉上透露出久違沒見到的野心黑影。

「沒想到人型機器人有這種使用方式……」

如果是平常的藤林，或許會察覺。

但現在的她不是駭客，是以管制員身分遵守系統規定的操作程序。即使是「電子魔女」，在這種條件之下，也無法察覺有人以系統沒預料到的手段旁觀。

正好注視著這個場面的旁觀者——四葉真夜，取下覆蓋雙眼的頭戴式顯像裝置，讓全身體重靠在椅背，閉上雙眼。

時間大約經過十秒。

她將顯像裝置收進抽屜，拿起旁邊的手搖鈴揮動。獨處的寧靜室內響起清脆的聲音。

「夫人，您找屬下嗎？」

真夜的管家兼心腹——葉山老翁開門走到她面前。

「找青木先生過來。」

「遵命。」

葉山管家恭敬地行了個禮，再度離開房間。

這次的等待時間比較長。

雖然沒有腳步聲，但匆忙的氣息接近過來，接著響起敲門聲。

「進來。」

「打擾了。」

葉山回以穩重的聲音。

慌張的氣息源自他身旁。

進來的人是葉山，以及比他年輕許多（但還是比真夜年長）的壯年管家。

「青木先生，抱歉這麼晚還請你過來。」

「請別這麼說。只要夫人有找，屬下青木即使位於地球另一側，也會立刻前來報到。」

青木並沒有習得瞬間移動的方式（更何況瞬間移動的夢想並未實現），所以從物理層面不可能「立刻」報到，但他平常講話就比較誇張，因此真夜與葉山都不在意。

「事不宜遲，我想得到一個東西。」

「請說。」

青木是負責管理四葉資產的帳房。找他來幫忙，就代表不是單純的購物。應該是對四葉來說也不便宜（對世間則是價格不菲），或是要購買就很困難的罕見物品或非賣品。

即使如此，青木臉上也沒有緊張神色。他認為回應這種要求就是自己的存在意義，而且他即使個性方面有點問題，其實力在合法與非法層面也確實堪稱一流。

「借給魔法大學附設第一高中的3H－P94，麻煩盡快買回來。不問金額與手段。」

真夜說「不問金額」不稀奇，但明言「不問手段」就很稀奇。

「如果難以取得就處理掉，別讓現在的擁有者將所有權轉移。尤其別落入十師族其他家系手中。這部分也不用在意經費。」

而且連失敗時的對應方法也設定詳細條件，至少青木第一次遇到這種狀況。

「遵命。」

青木看起來在一瞬間亂了分寸，卻沒有顯露在聲音上，恭恭敬敬地行禮致意。

青木快步離開之後，真夜朝著在旁邊待命的葉山，投以試探的目光。

「……你是不是有話要說？」

但真夜最後沒能突破葉山的撲克臉，所以主動催促。

「提出這樣的建議實在冒昧，不過……」

被如此暗示的葉山，隨著這句開場白鞠躬。這句話可說是制式開場白，但真夜從他微妙的語氣，得知這並非愉快的話題。

「夫人使用至高王座的次數，屬下覺得最好稍微減少一點。」

就算這麼說，真夜如今也無法阻止他發言進諫。正如預料逆耳的忠言，雖然使得真夜蹙眉，也沒能對此表露怒意。

因為身為管制員的真夜比任何人（除了和她擁有相同連線權的另外六名管制員）都明白，使用那個東西並非有利無害。

「——那東西是純粹的科技產物。比起黑箱部分依然不算少的魔法，副作用的風險應該少得多才是。」

「真夜大人，屬下申述的不是這一點。」

真夜自己也知道這個辯解只是歪理。她聽到葉山如此斷然駁回，露出尷尬的表情。

「何況如果要說黑箱，至高王座連主體的設置場所都無人知道。即使至今都沒說謊，屬下認為也無從保證今後都是如此。」

葉山的主張確實有道理。

而且，真夜也明白他沒指出的危險性。

「也是……葉山先生，就照你的建議吧。我最近似乎過於依賴那東西的情蒐能力。」

「這確實是棄之可惜的性能。愚意覺得達也閣下或許能找出至高王座主體的位置。若能直接連結主體，或許可以獨占至高王座的控管權。」

葉山這段發言完全出乎真夜預料。真夜冷不防地聽到葉山如此建議，思索了好一陣子之後才搖搖頭說：

「還太早了。」

什麼事情太早？這句回應留下解釋的餘地。

葉山行禮致意，留下真夜離開房間。

「不過，狀況不妙呢……」

達也不由得脫口獨白，使得深雪轉身。她正在照顧頭昏眼花——暈眩躺下的穗香。

「這麼說來……也對。哥哥，要暫時離開現場嗎？」

深雪過於自然地回應，達也差點就這樣點頭同意。

（……不對，這樣無妨。）

達也想到深雪理所當然具備這種反應迅速的理解力，就覺得總有一天會在某方面挨她強烈的反擊。但總之現在該擔心的是其他事。

剛才的大規模超能力。想必系統有觀測到此處青山、赤坂區域出現那個反應。應該很快就有各種不速之客上門。

直到剛才都在不斷打滾的寄生物，如今大概是精疲力盡而安分下來。雖然姑且將他們雙手綁到身後，但連達也都不知道這麼做有多少意義。看來寄生物基本上非得破壞容器——破壞宿主肉體才能脫離，但是有必要的話，對方具備「自爆」這個最終手段。

（嗯……希望古式魔法有些合適的術式。）

「達也同學！」

「抱歉，來晚了！」

並不是說人人到，而是腦中浮現他們的面容的時候，剛好聽到了本人的聲音。看來兩人終於登場了。

不過，達也並不打算責備他們遲到。因為他們也是在到處尋找寄生物，並不是在偷懶，所以不能抱怨。

對……即使在打鬥全部結束後才若無其事地露面，照道理也不應該抱怨這種事——達也在內心低語。

「那個……達也？你表情怎麼有點恐怖？」

「因為我天生滿臉橫肉。」

「慢著，滿臉橫肉不太像是那個意思……如果你是故意這樣就更恐怖了。」

幹比古不知為何（？）心驚膽跳。達也對他一瞥，朝著比預定多出來的那個人搭話。

「雷歐，你也來了。」

「是啊。順便當成復健，算我一份吧。」

「別勉強。所以，艾莉卡……」

「嗯？什麼事？」

艾莉卡以嚴厲目光看著俘虜。達也向她搭話得到的回應，聽起來意外地平靜。

「現在非得盡快離開現場，有準備什麼方法帶這三個傢伙走嗎？」

幸好沒有做出突然拿木樁打入他們心臟的激進行為。鬆一口氣的達也，詢問自己在意的事。

簡單環視四周，也只看到「三人」騎來的「兩輛」電動機車，沒看到車子——此外，剛才是誰和誰共騎一輛機車，達也也沒看見。

「咦，為什麼？」

艾莉卡聽到達也的話語之後轉身，打從心底露出詫異的表情。

「居然問為什麼，艾莉卡……」

這句話不是達也說的。是幹比古以難掩慌張的表情插嘴。

「妳沒有感覺到剛才的念力波嗎？既然那麼盛大地揮灑魔力，我想聚集過來的應該不只普通的警察。」

「這種事，我從一開始就已經做好心理準備了——我很想這樣說……但是為達也同學等人添麻煩或許也不太妙。」

艾莉卡除了目光變成稍微觀察般之外，依然是一如往常。至少雷歐與幹比古沒察覺。

「那個……運到Miki那裡的倉房吧，可以吧？」

艾莉卡形容為「倉房」，但當然不是字面所述的倉庫。既然不是搬進千葉家的設施，而是刻意選擇納入吉田家管理，應該是那邊有適合封鎖寄生物魔法並加以拘禁的術法。

「幹比古，可以嗎？」

「啊？當然。說起來，這原本是我們的工作。」

他說的「我們」，應該是指古式術士吧。他或許想宣稱封魔是陰陽師的工作也說不定（但吉田家不是陰陽道，是神道系）。

「那這裡就由我、Miki順便加上雷歐接管。達也同學，你們最好先回去。」

「為什麼？運送的時間不長，我可以等。」

達也無視於說著「我只是順便啊！」而忿恨不平的雷歐，疑惑地詢問。

艾莉卡的回應非常結結巴巴。

「達也……那個……因為……」

幹比古一副難以啟齒的樣子。

達也沿著他的視線看了過去。那裡是裙子各處破裂的琵庫希，以及長大衣增加數條不自然開衩的穗香。

「……我叫車吧。」

「我覺得這麼做比較好。」

達也決定交給艾莉卡他們處理現場。

◇　◇　◇

達也兩兄妹的住家位於自動管制區域，但穗香的住處剛好只差一點，而沒有列入自動行車的管制區域。以情報終端裝置叫來的自動駕駛通勤車，無法載穗香回家。結果「四人」決定到車站轉乘電動車廂。

即使服裝相當奇特也不太受到注目，這是都市令人感恩的地方。

達也等人吸引的他人目光沒預料中多（在深雪同行的時間點，就不可能完全不受注目），坐進四人座的電動車廂。

「那個，達也同學……？」

搭乘動作過於自然，因此穗香直到電動車廂起步才感到疑問。即使方向相同，但是搭乘電動車廂無法在中途下車……

「我送妳回家吧。」

達也說出穗香說不出口的願望之後，她頻頻說著客氣的話語，沒有掩飾開心的表情。

四人座電動車廂，可以將座位變更為對坐。

達也身旁是深雪，前方是穗香。

達也從剛才就默默反覆看向斜對面的琵庫希（不知為何她沒被當成貨物，而是視為乘客），再看向穗香。

「……哥哥，差不多該講幾句話了，不然穗香撐不住。」

達也每次投以目光，穗香的緊張程度就提升。看不下去的深雪從旁邊低語。

「啊，抱歉。」

達也似乎沒自覺。他聽到妹妹規勸，才以恍然大悟的表情道歉。

「三位，今晚辛苦了。」

慰勞的話語應該只是開場白，證據就是琵庫希也列入人數之一。或許這是認同琵庫希也付出一人份的貢獻，但這句話很明顯沒仔細考量人類與機器人的差別。

「然後，那個……穗香，該怎麼說……會覺得身體沒力嗎？」

接下來的話語不是說明，是詢問。穗香面對唐突的問題而困惑，但還是搖頭回應。

「這樣啊……琵庫希，妳呢？形容成疲勞……應該不適合。構成妳主體的想子或靈子，妳覺得有消耗嗎？」

『主人，消耗程度處於可以自然恢復的範圍。』

「這樣啊……」

「哥哥，您在擔心什麼嗎？」

「不到擔心的程度，不過……」

達也朝妹妹搖頭，然後再度看向穗香。

「剛才琵庫希釋放強力的念動力的時候……穗香，妳有自覺發生什麼事嗎？」

「……沒有，是什麼事？」

穗香的雙眼充滿不安情緒而回問。

這個問題確實暗藏玄機，難免令她感到不安。

不過，這麼問當然不是要進一步煽動她的不安情緒。

「希望妳冷靜聽我說。」

達也自己也在為難，甚至刻意以這句話為開場白。

「琵庫希即將釋放念動力時，穗香提供了想子給她。」

「咦？」

達也這番話，使穗香瞠目結舌。

「……意思是穗香提供力量給琵庫希？」

「不，不是這種感覺。」

達也回答深雪時，語氣聽起來難得沒自信。

「類似展開啟動式時，朝ＣＡＤ注入想子的程序。就像是……引水或共振吧。」

穗香略微害怕地看向琵庫希。

琵庫希——附身在３Ｈ－Ｐ94的寄生物，看起來不以為意。雖說如此，她的表情沒有變化，所以實際狀況不得而知。

魔法師與機械互相傳輸想子。

這個現象本身對達也來說，不，對現代魔法的術士來說習以為常。不過這是以魔法工學打造出「如此運作」的系統組裝在機械裡，搭配魔法師才會產生這種現象，3H沒有這種功能。

機械只具備人類賦予的能力。不會主動習得新功能。

因此只有一種解釋。這個現象不是和琵庫希的「機體」之間產生的，是和琵庫希的「主體」所產生。

穗香難免感到不安，陷入畏懼。

「美月雖然那麼說……不過穗香與琵庫希之間，似乎果然以某種通道連結著。而且，看來似乎是……」

達也突然結巴。

哥哥一副不太願意、難以啟齒的樣子，深雪投以疑惑的目光。

達也以肌膚感受到妹妹無言的詢問，以認命的表情說下去。

「……看來似乎是穗香的髮飾成為媒介了。」

「咦？」

穗香從剛才就又驚又怕，相當忙碌。但這次的驚訝程度更加顯著。

驚訝的不只是她。

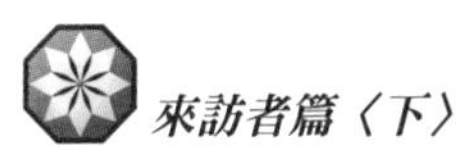

深雪也目不轉睛，凝視綁在穗香頭髮上的髮圈。

「正確來說，是髮飾上的水晶。但我不曉得究竟是基於何種原理而變成這樣……」

穗香以雙手觸摸髮飾的水晶。這是下意識的動作，並非刻意想造成什麼結果。

但是下一秒就產生某個現象，證實達也的推理。

琵庫希胸部中央發出靈力光芒。

不是強光，以視覺來說，是燈籠程度的亮度。

然而現象發生得過於同步，令人質疑具備關連性。

達也與深雪的視線集中在髮飾。

穗香以雙手包覆水晶飾珠。

簡直就像是害怕被奪走。

「暫且別追究原理……得找到控制的方法才行。」

達也以安撫警戒小動物的語氣低語。

穗香以意外感取代警戒感，注視著達也回應。

達也將視線從穗香移向琵庫希。

「總之，買下琵庫希似乎是正確答案。」

當晚活動的不只是達也他們高中生團隊。達也沒知會真由美與克人，所以七草、十文字團隊沒有出動，但千葉家團隊依照艾莉卡的意思派出不少人。即使如此，艾莉卡他們還是沒帶部下前來，無疑是因為今晚動員的成員之中，他們的實力最強。

艾莉卡、雷歐、幹比古。其中兩人的學業成績差強人意，但三人的實戰能力都出類拔萃。不僅是在高中生的範圍，即使混入成人中，只要不論兵器操作技術，個人實力都名列前茅。

只不過，因為只有他們行動，導致現狀得一邊監視被綁的寄生物，一邊等待護送車……在護送車抵達之前，棘手的對象發現他們。

「喂，你們在那裡做什麼！」

在路燈後方停下電動腳踏車，大聲詢問並跑來的，是兩名身穿警察制服的年輕男性。

一見到兩人，幹比古就露出一臉慌張神色，雷歐的嘴唇刻上目中無人的嘲笑，艾莉卡則是默默投以挑釁視線。

「這是怎麼回事？你們是高中生吧？究竟在做什麼？」

警察看見兩名男性雙手被綁在後方倒在地上，個子較高的一人厲聲詢問。確實，若警察發現市民在夜晚被綁著倒在路上，理所當然會如此反應吧。

「沒有啦，這是那個……」

心想遭受臨檢的幹比古，拚命想擠出不算藉口的藉口。

「我才要問，你們是誰啊？」

但艾莉卡壓過他的辯解，以高壓態度反問。

「妳說什麼？」

「喂，艾莉卡！」

艾莉卡出乎意料的反抗態度，使得兩名男性火冒三丈。幹比古投以不敢置信的眼神。

「幹比古。」

一隻手抓住他的肩膀拉過去。

幹比古轉身一看，雷歐掛著看好戲的笑容。

「沒聽到嗎？我問你們正在做什麼！」

警帽下方投來威嚇的視線，艾莉卡哼笑置之。

「你不知道嗎？這個區域現在沒有警察呀。因為上頭如此下令呢。我家的笨老哥在這方面萬無一失。」

艾莉卡的話語毫無根據。

如果對方真的是警察，應該會將這番話哼笑置之。

然而，站在艾莉卡面前的年輕人亂了分寸。

「胡說八道。」

這份慌張在一瞬間平息。但艾莉卡沒有漏看。何況即使對方毫無反應，她也毫不在意。

因為她這番話不是虛張聲勢。

「既然要變裝的話，就應該扮成便衣刑警才對。這樣我好歹會聽你怎麼說。不過也只是聽聽而已就是了。」

艾莉卡如此宣稱。

高瘦年輕人原本想怒罵她，但同僚伸手阻止，取而代之走向前。雖然這個人個子比較矮，體格卻比較壯碩，壓迫感也強上一輪。

「想亂講話敷衍也沒用。你們是傷害罪的現行犯。跟我們走一趟吧。」

「喔，始終裝蒜是吧？」

只不過，艾莉卡並未惶恐，依然以挑釁的目光賞他一個白眼。

「不過很抱歉。這兩個人對婦女施暴未遂，我們是當場抓住他們，也就是所謂的私人逮捕。而我們正在這裡等真正的警察過來。這裡沒有冒牌貨登場的份。懂．了．嗎？」

艾莉卡流利編造出煞有其事的話語，幹比古佩服看著這個青梅竹馬的玩伴。明知是謊言，也似乎會被她騙——因而晚一步察覺悄悄接近的氣息。

「Miki！」「幹比古！」

黑影無聲無息（不是誇張形容，是真的完全無聲無息）從頭頂襲擊。認知到對方是跳過墓園圍牆前來襲擊時，已經來不及迎擊。

幹比古感受到肩膀遭受衝擊。

察覺被撞飛時，他已經下意識向前翻身卸下攻擊力道。

雷歐手臂高舉在頭上，擋住往下揮的這一棍。光聽聲音就能推測這一棍的威力，但雷歐面不改色接住平常人必定骨折的攻擊。不只如此，對方剛著地，他就試圖揮出撕裂空氣的鐵拳。

「嘖！」

不過，這一拳只擦過襲擊者的身體就收回。

幹比古看見路燈微弱的光芒中閃出雷光。

這名男性身穿的衣服，會在他人碰觸時注入高壓電。

雷歐按著手腕後退一步。

持棍的男性擺出追擊架式。

「雷歐，快離開！」

幹比古左手用力一甩，以熟練動作握住飛出袖口的扇子造型ＣＡＤ。

他試著朝襲擊雷歐的男性施放法術支援，某種環狀物卻從旁邊射過來命中CAD。雖然CAD沒掉落，但法術被迫中斷。

中斷幹比古法術的物體，描繪弧線回到剛才射來的方向。

直到物體回到投擲的敵人手中，幹比古才終於知道那是種迴力鏢。如果只是普通的迴力鏢，命中目標之後當然會失去動能，不可能回到持有者身邊。應該是某種魔法武器。

雷歐遭受預料外的雷擊，主動在路面翻滾，鑽離往下揮的棍棒，拉開距離重整態勢。

幹比古沒有餘力關心他。

敵人不只一人。

響起「噗咻！」這種壓縮空氣釋放的聲音，隨後道路另一邊射來一顆砲彈，約是兩個早期飲料罐連結起來的體積。

幹比古射出空氣彈迎擊砲彈。

砲彈看起來在空中停止的下一瞬間，張開網子襲向幹比古。八角形網子的八個頂點，各有一個超小型火箭發動機噴火，彌補被抵銷的動能。

有這種事？這是幹比古毫無虛假的想法。

雖然速度沒什麼大不了，但是不曉得網子究竟暗藏著何種機關。幹比古使用「跳躍」術式躲避網子。

一個人影在空中等待他。圓環形狀的射擊武器迎面而來。

如同詰將棋（註：解題形式的將棋排局，相當於中國象棋的連將殺局）的完美布局。

如果是平凡的術士，至此應該會慘遭將軍吧。

但現在的幹比古並不平凡。他完全恢復昔日被稱為天才兒童的實力，而且更上層樓。

他在空中以空氣為立足點再度「跳躍」，躲開三個圓環與持有者的襲擊。

從空中俯視手中細長武器（大概是馬鞭之類的武器）揮空的男性頭部。

男性仰望他的臉上浮現動搖神色。

終於輪到幹比古出招。

他將彎曲的腿伸直。

腳碰觸男性的額頭。

這個動作本身，就是發動魔法的「印」。

腳與額頭的接點張開電擊網，穿透男性全身。

幹比古再度踩著風，降落在圍牆上。

接著尋找雷歐與艾莉卡的身影。

雷歐已經從最初的偷襲重整態勢，空手和持棍對手激烈對打。之所以沒受到電擊傷害，應該是全身包覆防禦術式吧。對方男性實力也不錯，但雷歐的速度與力量都逐漸占上風。

問題在於艾莉卡。

最初搭話的兩人雖然演技蹩腳，打起來卻身手不凡。

畢竟他們兩個人承受得住艾莉卡的攻擊。大概是制服底下穿著特製襯甲，或是制服本身是特製的吧。

不過，光是堅硬無法應付艾莉卡的刀招。衣服每次中了艾莉卡的刀，表面就噴出細粉。艾莉卡提防這一點，無法踏入致勝的一步。

要是她的武器再長一點，應該不會花費這麼多工夫。但她今天的武器是可變形為小太刀的短棍。為了迴避很可能是藥物的粉末飛散，不得不採取打帶跑的戰法。

幹比古得以從較高的位置俯瞰狀況，才首度察覺己方三人被對手引導，逐漸遠離被綁的那幾具寄生物。

對方尚未比他們三人更靠近俘虜。但若就這樣被慢慢拉離的話，俘虜說不定會在後援抵達之前被搶走。

即使有些勉強，也必須盡早解決。

狀況就在剛下定決心時發生。不對，對方恐怕也判斷撐不下去吧。

幹比古在時機方面的判斷，和敵方的判斷一致。

敵方早一步採取行動。

聽得見某種東西從頭上掉落的聲音。

雷歐踢開對手，艾莉卡施展犀利的連續攻擊，接著同時離開敵人。

「趴下！」

幹比古大喊的同時，空氣之繭覆蓋艾莉卡與雷歐。

是幹比古製造的防護結界。

從頭上落下的炸彈在落地前破裂，煙幕遮住路燈的光。

接著是某種沉重金屬落下的聲音。

幹比古捲起風，吹散煙幕。

正在發生的事情因而曝光。

以粗鋼索從上空垂下的金屬懸臂，抓住寄生物的身體之後急速往回捲。鋼索來自不知何時浮現在夜空，融入黑暗的漆黑船身。

不明飛船小又安靜到令人驚訝的程度，卻沒有使用魔法的跡象。無聲無息，也沒釋放魔法波動，因此可以神不知鬼不覺地來到三人上方。

俘虜的身影消失在船艙。

艾莉卡擺出施放衝擊波的上段揮砍架式。她的揮砍沒有戰術級魔法的威力，但或許能劃破氣囊擊墜飛船。

「艾莉卡，不行！」

但她在幹比古的制止之下，不情不願地解除架式。她也知道要是在這種地方擊墜飛船，會釀成大禍。

「這下子傷腦筋了……」

三人注意飛船的時候，襲擊者也消失無蹤。那些假警察明顯和飛船屬於相同勢力。

幹比古深深點頭表示完全同感，艾莉卡以異常親切的笑容轉身看向他。

「要怎麼對達也同學說？」

「那個……打電話比較好吧？」

幹比古向雷歐求助。

「這麼晚了，會打擾到他吧？」

雷歐聳肩回應幹比古的視線。

「啊哈，說得也是。這麼晚了，明天再說吧。」

三人份的空虛笑聲，混入吹拂夜晚東京都心的微風。

「已確保樣本。」

將根據地設置於市谷某大樓地下層的國防軍情報部防諜第三課。

負責本次作戰的課長助理（在這個單位不使用國防軍階，而是徹底使用偽裝職稱）接到出動的隱形飛船回報之後，以鬆一口氣的表情點頭。

「雖然發生小狀況，不過看來達成目的了。」

偽裝成警察的幹員被高中生與人型家事輔助機械催眠的時候，「降職」這個詞掠過他的腦海，不過看來免於惹長官生氣了。課長助理放下內心的大石頭。

他知道逮捕的「樣本」是讓世間不得安寧的「吸血鬼」，卻不知道吸血鬼的真面目是名為「寄生物」的魔物附身的前魔法師，也不知道逮捕的吸血鬼之一是USNA前墨西哥地區出身的退役士兵，而其退役原因是訓練時受傷而失去魔法技能。課長助理只受命逮捕吸血鬼樣本。

之所以監視達也等人，是因為上頭指示只要監視他們就很可能接觸到吸血鬼。即使對方是魔法師種子，為什麼一介高中生會和吸血鬼扯上關係？他也不曉得箇中原因。看到部下輕易失去行動能力，「對方是普通高中生」的先入為主觀念就消失了，但是高中生為什麼那麼強？謎團有增無減。不過看來無須繼續煩惱那個「異常」高中生的事了。這也是課長助理鬆口氣的理由。

他的工作只到暫時「保管」樣本為止。接下來的程序由他的上司課長進行。不追究高層的工作內容，也是在這種組織活下去的訣竅。本次取得樣本的「委託」不是政府的意向，是贊助者的

要求，而且委託人似乎是贊助者背後撐腰的「那個家系」。課長助理隱約察覺這件事，卻完全不想查明細節。

「依照預定送進『冷藏庫』。施打較高的劑量以防萬一。」

課長助理命令部下，將吸血鬼收容在以低溫麻醉進入冬眠狀態癱瘓魔法師的監禁設施，離席向長官回報作戰結束。

「弘一那個傢伙，還是一樣愛玩謀略。那已經是個性了。」

只聽字面似乎是在發牢騷，但外公其實是以莫名愉快的聲音述說，藤林決定裝作沒聽到。

防諜第三課的間諜飛船突然介入，讓藤林也嚇了一跳，但後續的應對程序一如往常地迅速確實。她立刻從飛船的無線通訊查出飛船隸屬的組織。

後續入侵市谷地下分部線路的手法也如常。高超技術沒讓「電子魔女」的別名蒙羞。

「閣下，七草先生的目的是什麼？」

之所以不是稱為外公而是閣下，只是因為她正在工作，想要做個區別罷了。九島烈也明白這一點，所以不在意「閣下」這種客套見外的說法。

「我也不清楚弘一在想什麼。但我可以做個相當不好的推測。」

雖說如此，九島老者不打算配合外孫女的說話方式，使用的是對自家人的輕鬆語氣。

「不好……嗎？」

「嗯。或許是弘一知道真夜對寄生物感興趣，所以也想弄到手。」

「因為四葉小姐感興趣？」

「四葉有個叫作黑羽的分家，負責諜報任務。黑羽家似乎出動獵殺寄生物，後來好像也進行各方面的調查。」

「負責諜報的分家啊……四葉家真的很獨特。」

「總之，二十八家本身就像魔法技能師開發研究所的分家。只有四葉擁有分家制度。」

九島臉上浮現像是自嘲的笑容，應該是因為回想起自己的出身吧。藤林沒有以笨拙的話語安慰，靜待外公說下去。

「不提這個……弘一應該是知道四葉對寄生物表達強烈的關切，才想要出手。那個傢伙大概會不擇手段想比四葉還強。三十年前的惡夢依然無法割捨，真要說可憐的話確實可憐……」

在藤林眼中，九島嘴裡這麼說，自己也像是讓思緒前往遙遠的過去。她覺得這絕對不是快樂的往事，為了拉回外公的注意力，以稍微強硬的語氣詢問。

「所以我們該怎麼做？」

「『怎麼做』是指？」
「扔著防諜第三課的失控不管，我覺得並非良策。」
「說得也是……要是他們的手法更巧妙一點，扔著不管也無妨，不過……」
正如藤林的計畫，九島從回憶的世界回歸，將注意力朝向現在。
「響子，有辦法匿名放情報給四葉嗎？」
「我想應該可以。」
「那妳這麼做就好。真夜應該會思索後續的應對方式。」
七草弘一的謀略，交由四葉真夜收拾。知道隱情的藤林覺得這是殘酷的虐待。但她不打算和外公唱反調，立刻面向控制台上工。

◇ ◇ ◇

送穗香回家、將琵庫希放回原本機庫的達也與深雪，抵達家門時雖然還沒過凌晨，卻是稱為深夜也不為過的時間。
即使如此，從兄妹的年紀來看，現在時間還不算特別晚。剛才的戰鬥也和全力以赴差得遠，只有激動情緒還留在神經裡，反而趕走睡意。

「哥哥，我是深雪。方便借點時間嗎……？」

完成用餐、洗澡等各種程序之後，達也不是待在地下研究室，而是在自己的房間，難得學習魔法學以外的知識。深雪這時候造訪達也，應該也是因為難以入眠吧。

達也打開課本，也是用來代替安眠藥。雖說是兄妹，這時間造訪寢室（兼私人房間）不太恰當，但是和深雪聊聊可以分散注意力，達也覺得這樣或許不錯。

「好啊，進來吧。」

「好的，打擾了。」

達也將背面就是桌面的螢幕按回去，轉身看向發出聲音關上的門。

「……所以，怎麼了？」

結結巴巴的聲音沒有高八度，堪稱了不起。

即使如此，還是產生不自然的停頓。

深雪沒有立刻回應哥哥的詢問，以乖順的表情坐在床上。

話說回來……達也無法阻止自己的意識冒出疑問。

——記得不久之前，妹妹應該都還愛穿棉質睡衣。

——難道是受到雫上次那身穿著的影響而改變了嗎？

總歸來說，深雪換了睡衣。

具體來說，是絲質睡衣。

不過她依然還是有好好披著罩衫，腰帶也確實繫好。

但像是胸口或膝蓋以下，隔著薄衫若隱若現的肌膚，比直接看見還要嬌媚。

（仗著對方是我就這樣……她該不會缺乏花樣少女應有的自覺吧？）

達也以哥哥的立場，暗自擔憂妹妹缺乏戒心——這個想法究竟是妥當還是沒切入重點，此時此地沒有裁判評定。

另一方面，深雪似乎因為哥哥對她目不轉睛而感到相當滿足，露出靦腆的笑容，接著立刻恢復正經表情。

「難道我打擾到哥哥用功了……？」

「不。如深雪所知，我不需要做這種事。」

與其說見解因人而異，應該說所有人聽到這番話都會反感。但深雪沒有羨慕、感嘆或稱讚，只視為理所當然而接受。

達也從書桌前面起身，移動到床上，坐在深雪旁邊。不過當然維持充足的距離。

不是從正面，而是從側面投以「有什麼事？」的視線催促，使得深雪隨即戰戰兢兢地開始說明來意。

「哥哥……深雪感到混亂。」

「混亂？」

即使說得保守，這段發言依然唐突。達也輕聲復誦深雪的部分話語，目不轉睛地注視她。但深雪並未看向達也。

「我不明白了。不明白魔法是什麼……我們魔法師又是什麼……」

困惑神情掠過達也的臉。

這是他沒預料到的高階問題。感覺這個論題比起魔法學，更屬於哲學領域。

達也不認為自己應付得來，就算這麼說，他也無法選擇隨便敷衍深雪的諮詢。

「為什麼問這種問題？」

總之達也催促她說下去。

「魔法與超能力在本質上相同。這不是單純的理論，是如假包換的事實，哥哥比任何人都清楚這一點。」

「說我比任何人都清楚就太誇張了……所以？」

「另一方面，寄生物——妖魔也會使用魔法。他們使用的魔法和我們使用的魔法，除了發動程序之外沒有差異。」

「是啊。」

深雪至今注視著自己放在大腿上緊握的雙手，此時她轉身讓胸口以上的部位正對達也。深雪將手放在達也為彼此保留的空間，探出上半身仰望達也。

她的眼神因為不安而晃動。

「我原本以為……這是因為妖魔依附在魔法師身上的關係，認為妖魔是利用魔法師的精神使用魔法。」

不安的深處，潛藏著恐懼。

「可是，當我目睹琵庫希使用的超能力，聽過哥哥後來說的話，就察覺這是錯的。」

「是指剛才的念動力？」

「是的……」

後續的話語，間隔一段時間才說出口。深雪害怕繼續說下去。她畏懼自己的推理化為話語之後可能會被肯定。達也有這種感覺。

「心電感應是作用於精神之間的能力。我覺得寄生物原本就近似精神體，會使用這種能力也不奇怪。我聽聞琵庫希是以念力製作表情時，也覺得她做得到這種程度的事而不以為意。」

達也感覺深雪的臉稍微靠近。

眼中的情緒波動，更加清晰可見。

「可是，剛才的念動力……雖然結構粗糙，卻無疑是移動系魔法。而且那個魔法，是和穗香產生共鳴而發動的吧？」

「……對。」

達也猶豫地點頭。雖然剛才講得含糊，但是穗香與琵庫希之間產生的現象，應該是在血統近似，例如同卵雙胞胎身上難得觀測得到的「共鳴」──其中一人魔法演算領域活化，會激發另一人魔法演算領域活化的現象。達也對此幾乎抱持確信。

「3H……機械並沒有輸出魔法的功能。所以琵庫希使用的超能力不是宿主的能力，而是寄生物──妖魔本身的能力。」

深雪說到這裡低下頭。不久，她再度看向達也，眼神如同在尋求慰藉。

「魔法與超能力是相同的東西。換句話說，妖魔擁有和我們魔法師相同的力量。」

達也終於理解妹妹對什麼事情感到不安。

「魔法為什麼被稱為魔之法……我們的力量來自它們嗎？」

深雪的臉更加接近。

在距離近到即將感受得到彼此呼吸之前，達也從床上起身。

看起來像是一溜煙地躲開，但並非如此。

達也蹲在深雪正前方，讓彼此視線等高。

「深雪……妳想太多了。」

深雪以雙手支撐扭腰傾斜的嬌弱身軀，承受──接受達也的視線。

達也從兩側以掌心包覆妹妹肩頭，緩緩讓她坐正。

「魔法在日文確實是『魔之法』，但像英文的Magic就是『賢者之技』的意思。」

「啊！」深雪輕呼一聲。

「魔法究竟是源自何處的力量，依然幾乎不得而知。魔法式改寫個別情報體就能改變事象，即使我們知道這個系統，卻可說完全不知道為何做得到這種事，也不知道命名為魔法演算領域的人類潛意識領域為何具備這種力量。」

達也輕聲一笑。臉上為難的表情，如同師父在糾正青出於藍的愛徒內心的誤解。

「甚至無法確認魔法是否真的由魔法師產生。即使妖魔使用了魔法，要將魔法師與妖魔相提並論也過於性急。」

「說得……也是……」

「更何況，寄生物的真實身分，有可能是源自人類精神的獨立情報體。若是源自人類的精神的話，這份力量就是人類賦予的。也可以解釋成妖魔的魔法源自人類魔法師，而不是魔法師的魔法源自妖魔。」

「是……哥哥說得沒錯。」

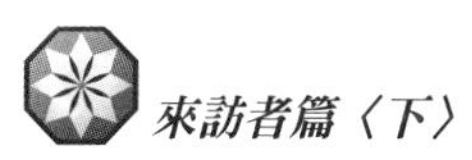

深雪眼中的不安被拭去。

以達也的角度，感覺妹妹似乎太早接受，但比起疑神疑鬼更有建設性。所以達也也不想刻意潑她冷水。

「自己或許是妖魔——非人類生物的同類。妳有這種想法，所以不安得睡不著吧？」

達也這麼問，並不是想捉弄妹妹。

但深雪不曉得是哪個開關開啟，臉頰通紅到甚至令人驚嘆。深雪忘記遮臉就當機，在重開機的同時轉身背對。

她難得改成盤坐姿勢爬到床上，面對牆壁動也不動。

明明不是那麼難為情的事……如此心想的達也，覺得妹妹這副模樣莫名可愛。

「既然這樣……」

達也輕輕將嘴湊過去，在她耳際低語。

「在妳入睡之前……」

甚至冒出這種惡作劇心態。

深雪的身體果然誇張地顫抖了起來。

像是會彈到天花板的高度。

「我就一直陪在妳身邊吧？」

深雪緩緩轉頭，臉蛋依然通紅，揚起視線低聲回應。

「……可以請哥哥握著我的手嗎？」

自己似乎做得太過火了。達也如此心想。

達也當然沒有拒絕權。

直到深雪入睡，他非得坐在妹妹房間床邊，握著她白淨嬌細的手。

幸好深雪立刻啟程前往夢鄉。

對於達也來說，妹妹幸福的睡臉就已經是十分充足的報酬了。但即使如此，還是無法避免精神疲憊至極。

達也就這麼沒開燈，以提心吊膽的腳步離開深雪枕邊。

無聲無息地關上門，回到自己房間。

達也在途中察覺一件事。

接受高度魔法師教育的深雪，只以魔法層面就將魔法師與妖魔相提並論。

她將魔法師視為不同於人類的存在。

熟知魔法的深雪也被這種認知囚禁，既然這樣，不熟悉魔法，不是魔法師的人們，將魔法師與非人魔物視為同類也不奇怪。

將魔法師視為非人類，視為「人類以外的某種東西」也一點都不奇怪……

◇

隔天早上。

達也一到校，就被艾莉卡、雷歐與幹比古逮到並且帶離教室。美月一副不知所措的樣子，但她似乎無力相救。

前往的地方是樓頂。

現在原本就是氣溫沒升高的大清早，戶外晨風吹拂的樓頂，除了他們沒有別人。達也也不想在這種地方待太久。

「你們有話要說吧？」

三人並不是在樓頂沉默不語。只是，朋友們刻意帶達也來這種地方，卻盡是浪費時間閒話家常。即使達也以有些不耐煩的語氣催促，應該也不能怪他性急。

三人面面相覷，同樣露出了認命的表情。他們掛著這樣的認命表情，默默高速互推發言權的結果是……

「達也……那個……其實……」

該說果然如此嗎，心驚膽跳地開口的是幹比古。

「難道說，被寄生物跑掉了？」

達也只不過是給個趕快完事的契機，但他看見幹比古彷彿發出愣住的音效般繃緊表情（原本不可能有這種音效），不由得嘆了口氣。

「放心，我不會因為這樣生氣。雖然想到又得抓一次很麻煩……但被逃走也沒辦法。」

雖然難掩失望，卻不到無法挽回的程度。達也表態之後，打算回到溫暖的教室。

「慢著，達也，不是這樣！」

幹比古拚命挽留。

「沒錯！不是被他們逃走！……不對，他們確實是逃走了。」

兩人說出矛盾的話語之後支支吾吾，實在講不到重點，於是達也將視線移向雷歐。

「是被外人擄走了。」

「對方這麼棘手？」

雷歐如此坦白之後，達也的反應或許和一般人不太一樣。

但這是達也最關切的事。

同班至今將滿一年，達也看好這三人現在的實力，比起一線的實戰魔法師——具體來說，比起獨立魔裝大隊的隊員也不會屈居下風。

以和中堅隊員打一場平分秋色的精彩戰鬥。他們當然還遠遠比不上風間或柳（達也沒使用「三尖戟」也敵不過這兩人），但至少應該可

「這麼說或許像是不服輸，但我覺得對方以實力來說不是很棘手。」

「但他們裝備周全。我第一次遇到打下去會害我麻痺的套裝。」

「不只穿著特別硬的裝甲，砍下去還會噴出某種粉末。早知道就帶更長的武器過去。」

「原來如此。」

這些裝備頗具特徵，託福達也得以立刻鎖定對方身分。

「最後是被漆黑的飛船載走。氣死我了。」

「不，幸好你們沒大礙。」

達也這句話，應該說是話中的語氣，使得艾莉卡投以「嗯？」的目光。

「達也同學，你知道對方身分？」

「大概。但我沒有直接打過交道，所以只是推測。」

「是誰？」

考量到答案的性質，即使含糊帶過或沉默保密也不奇怪。

「國防軍情報部防諜第三課。採用這種有趣的裝備，還運用隱形規格的飛船，我想應該是第三課沒錯。」

但達也很乾脆地回答，看起來不太想保密。或許他不只是想將艾莉卡，也想將雷歐與幹比古捲入自己的隱情之中。

「這是因為……達也同學是獨立魔裝大隊的隊員，才知道這件事？」

「嗯？」

雖然這麼說……

「我不記得將自己所屬的部隊告訴過艾莉卡……」

艾莉卡提到沒印象的事，達也還是會感到疑惑。

「……原來如此，是聽深雪說的吧。」

「見識到那種東西，當然會想問啦。」

艾莉卡說的「那種東西」指的是可動裝甲。即使是隱約察覺達也真實身分的艾莉卡，也沒能得知「灼熱萬聖節」和達也有關。

「既然以實力對抗侵略軍，在萬一的時候也有必要講明我所屬的指揮系統，這也在所難免。不過麻煩別說出去。」

「我知道。我可不想因為間諜嫌疑而被抓去關。」

違反國家機密保護法，等同於具備間諜嫌疑。和前世紀後半不同，覺得這種事不光榮的市民是多數派，代表日本也已成為「正常」的國家。

「達也同學，你既然知道對方的身分，應該也知道俘虜被帶去哪裡吧？」

艾莉卡早早切換心情重新振作，以充滿期待的聲音詢問。

然而……

「沒確認目的就無法鎖定。」

達也卻冷漠地搖了搖頭。現實就是這麼回事。

「說得也是……對方是政府機構，據點應該要多少有多少。」

「有種東西叫作預算，應該不到要多少有多少的程度吧？即使如此，他們應該也躲在各處，沒辦法使用地毯式搜索。」

如幹比古與雷歐所說，這次的對手是國家機構。相較於非法入侵的外國勢力，能利用的作戰資源無論是質與量都不一樣。至今成為優勢的地利，這次掌握在對方手中。

「總之，不用這麼在意。畢竟不會因為昨天現身的傢伙們就中止計畫，也確認寄生物鎖定琵庫希為目標。下次只要妥善布局以免成果被搶，再設下陷阱就好。」

達也以特別壞心眼的笑容安慰三人——艾莉卡、雷歐與幹比古即使被安慰，也都露出畏縮的表情往後仰，但達也看起來不以為意。

「不提這個，回教室吧。差不多開始冷了。」

場中沒人耐不住這種程度的寒冷而叫苦，不過冷就是冷。

三人沒有提出異議，跟著達也入內。

達也和艾莉卡等人在校舍樓頂交談的同一時間，一通電話打給巴藍斯上校。

『巴藍斯女士，抱歉一大早就打擾您。』

「是妳啊。」

映在視訊電話畫面上的，是昨天剛見到的臉孔。自稱四葉特務的青少女——黑羽亞夜子。她今早也是以緞帶、蕾絲與荷葉邊裝飾全身。

「不用上學嗎……沒事，恕我失禮。」

除了執行職務所需，巴藍斯基本上遵守道德原則。所以，她看到明顯是就學年齡的女生在非假日早上忙於求學以外的事，忍不住就想說教。

『感謝您的關心。』

亞夜子敏銳解讀巴藍斯內心這個想法，露出甜美親切的笑容。

『不過女士，請不用擔心。我已經取得畢業所需的學分。』

巴藍斯不清楚日本的國中教育制度，無法判斷亞夜子這番話的真假。但巴藍斯也明白，彼此的關係不適合拿這種事當問題。

「不，我問了無謂的問題。所以事不宜遲進入正題，妳要提供什麼消息嗎？」

巴藍斯這麼問只是一種客套話，她並未當真認為亞夜子事隔一天就會提供有益情報。

『是的。其實昨天，國防軍情報部的防諜第三課逮捕了寄生物。確定其中一具是先前隸屬於USNA的魔法師，當家吩咐最好知會女士一聲，所以我前來告知。』

講電話用「前來告知」這種說法是否合適，並未成為問題。巴藍斯本來就沒這種執著，而且這句話前面提供的情報重要得多。

「寄生物再度開始行動？」

『家人表示，可能是容器被破壞的寄生物尋得新的宿主。落網的是這幾位。』

隨著亞夜子這番話，一份編碼檔案傳送到巴藍斯的終端裝置。巴藍斯檢視自動解碼的檔案目錄，確認包含大頭照的其中一人資料。

『成為階下囚的寄生物共三具。其中確定宿主身分的只有這一位，若您希望的話，我們這邊也可以將監禁場所提供給您。』

光看目錄不知道這名退役魔法師的重要程度，但巴藍斯不能選擇置之不理。

「黑羽小姐，麻煩妳提供。」

『我明白了。』

畫面中行禮致意的少女傳送資料過來。巴藍斯以不失禮節的程度簡潔道謝，結束通話之後立刻閱覽資料。

巴藍斯的表情染上嚴厲的神色。

她朝著專用的密碼通訊機迅速輸入訊息。

內容是指示今晚準備出動。

收件者是安吉．希利鄔斯少校。

這天的第一堂課是普通科目。內容是閱讀文章之後解答問題，學生喜歡的話也可以利用語音朗讀功能。

達也平常總是只讓文章自動捲動，今天卻戴上耳機。他任憑無線接收器播放的合成語音左耳進右耳出，思考和課程無關的事。

防諜第三課的名稱與特徵，他確實是從獨立魔裝大隊得知。

但他知道的第三課，並非情報部數個部門之一。

在情報部之中，這個單位尤其和七草家掛鉤，是成為七草家爪牙而積極行動的部隊。正確來說，他們應該是七草家某個在幕後指使的贊助者爪牙，卻是達也列為假想敵勢力的名字。

達也對此無法理解。

假設本次事件是在七草家的指示下進行……

不惜派隱形飛船到東京都心搶奪寄生物，這種做法看起來過於粗暴。

達也不曉得七草家當家——七草弘一的為人，所以無法斷言這不是七草家的做法。但如果七草至今都是這種近乎賭博的強硬作風，應該早就和四葉爆發正面衝突。

這種胡來的行徑，究竟基於何種意圖？

或者這不是七草家的旨意，是防諜第三課失控？

（如果是軍隊採取的行動脫離贊助者的意圖的話……動機一定源自於和軍方存在意義本身相關的目的。）

軍隊的目的是什麼？

軍隊是執行國家公權力的暴力機構，是遭到他國直接暴力相向時，唯一正當又直接對抗的手段。性質很複雜，無法以三言兩語道盡。

不過，如果從現象層面來看，軍隊的目的意外單純。

軍隊的目的是勝利。其他目的都只是附屬品。

勝利有各種形式，在不用輸就好的戰局沒輸，也是一種勝利的形態。

不過，總之要勝利。

勝利之後的事情是政治範疇，軍隊只要專注求勝就好。

因此，軍隊追求力量。

即使情報部固執己見而失控，一定也是追求力量的結果。

達也思考到這裡，感覺背脊微微發寒。

第三課該不會要將寄生物——將妖魔利用於軍事吧？

達也覺得這樣過於危險。

正在USNA盛行的反魔法師活動，主要使用的把柄是批判魔法師召喚惡魔來到這個世界。雖然煽動群眾的「魔法師基於軍事野心蓄意召喚惡魔」只是莫須有的指控，但是將寄生物利用於軍事的企圖，不會讓排斥魔法師的派系得到相同藉口嗎？

（不對，即使是十師族暗中指使也一樣。）

達也重新改變了想法。他認為無論是防諜第三課失控，還是基於七草家的指示，都背負著相同的風險。

自己這種小夥子做這種事或許踰矩，但是需要叮嚀七草家一聲。雖然對不起考試將近的真由美，還是得請她撥空才行。達也如此心想，以自己的行動終端裝置寫信約真由美見面。

——達也在心中道歉，卻無視於真由美是否方便。

現在是上課時間，寫信約真由美見面的達也，在短短一分鐘後收到回信。雖然確實加註「緊急」的代號，不過……

（記得她不是保送入學，是正常應考吧？）

大考將近，即使幾乎不用擔心落榜，還是會擔心「考生這樣是否沒問題」。總之……應該是多管閒事吧。既然對方收到緊急郵件立刻回覆，就沒道理抱怨。

達也思考這種事，開啟郵件。

剛才寄的內文是：「我有事想商量，這兩天能見面嗎？」

真由美的回應是：「立刻到學生會室來。」

看來即使校方沒有硬性規定考生要上學，她還是有來學校。

看來她現在不是在教室或圖書館，是在學生會室。

……考生這樣真的沒問題嗎？達也由衷這麼想。

畢竟是達也提出的要求，加上這件事盡早處理比較好，因此他就這樣前往學生會室。這種行徑完全是逃課，不過要瞞騙監督上課狀況的系統雖然很難，卻並非不可能。

達也使用在自己不知情的時候重新設定門禁權限的ＩＤ卡開門。大概因為正在上課，在室內等待的只有真由美一人。

彼此隨性打聲招呼之後（真由美這麼做無妨，但達也採取這種態度是否合適就有待議論），達也坐在她的正前方，立刻開始說明事情概要。

「……狀況就是這樣。那艘飛船的所屬單位，我想是傳聞和七草家有交情的情報部防諜第三課。我不曉得對方究竟基於何種意圖帶走寄生物，但如果是想將寄生物利用於軍事就很危險。既然不曉得如何確實消滅那個東西，我認為應該要封印。」

「防諜第三課？即使我還未成年，也是七草家的一員，卻不曉得這件事。達也學弟，真虧你居然知道。」

「請學姊別過問情報來源，會幫我很大的忙。」

「……總之，達也學弟似乎有各方面的隱情，所以我不會過問。不提這個，你去抓寄生物的時候怎麼沒跟我說？」

「因為我覺得要是學姊這邊也派人，寄生物可能會有所提防，不會被引出來。」

「真的只是這樣？」

真由美朝達也投以不高興的表情好一陣子。

「姑且說得通……」

但達也始終面不改色，真由美當著他的面，做出想聳肩卻中途打消念頭的舉動。

「所以總歸來說，達也學弟希望我說服父親，對吧？要將情報部搶走的寄生物，還給艾莉卡小妹他們。」

雖然一點都不重要，不過真由美對艾莉卡的稱呼，不知不覺變成了「艾莉卡小妹」。艾莉卡本人每次聽到都會露出抗拒的表情，但艾莉卡自己至今也是一直將幹比古稱為「Miki」沒改掉，從達也看來是「因果報應」。

……達也搖頭從腦海趕走雜念，以「我不會要求歸還」為開場白，回答真由美的詢問。

「我想請學姊幫忙確認對方帶走寄生物的理由，如果對方想採取封印以外的處置，麻煩學姊叮嚀一聲。要是情報部利用寄生物的事實曝光，危害到魔法師的利益，我將會要求他們以組織的立場償還這筆損失。」

「講得真嚇人。」

雖然真由美的聲音與語氣夾雜著傻眼的情緒，但她眼中晃動的光芒，顯示這句話並非只是單純的惡言相向。

「看過USNA正在發生的事，就會覺得需要這種程度的威脅。」

真由美也知道，該國對魔法師的反彈聲浪與日俱增。要是國土狹小的日本發生相同的事情，或許這邊會更早讓言論進一步變化為衝突。

「……知道了。我和父親談談。但我無法保證結果，所以別太期待喔。因為我和十文字不一樣，並非七草家的繼承人。」

真由美補充的這段話，使達也表現些許的意外感。

「……怎樣？」

「沒事……只是覺得七草家的家風出乎意料是父權制。」

「達也學弟家呢？」

達也不曉得真由美如此反應的背後真意，究竟是難為情還是鬧彆扭。

只是自己確實說了沒必要說的事。達也稍做反省，抱持接受懲罰遊戲的心情回答她。

「在我家，父親的權威形同虛設。因為老爸總是窩在後妻名下的住處。」

真由美雙眼左右游移。

達也看到她光是這樣就亂了分寸的純真一面，覺得她即使年紀稍長但依然是女孩子。雖然某些部分看起來成熟，卻依然還不能形容為「成熟女性」。

「但是至少有給個名分，我覺得這部分算是有負起責任。」

「真成熟。」

「只是死心罷了。長大成人意味著『死心』……我不願意這麼想。」

達也以完全死心的語氣，如此回應真由美。

不祥預感也偶爾會落空。

達也預料國防軍情報部會利用寄生物做出某些事，但這個預測沒有成真。

只不過，很難形容為「幸好」。

隔天早上——

『防諜第三課的間諜收容設施遭到襲擊，被捕的寄生物被殺了。』

真由美傳來的郵件這麼寫。

〔16〕

——情報部設施遭到襲擊，收容的妖魔被殺——

達也好不容易克制立刻找真由美打聽詳情的慾望，首先前往浴室。他以熱水淋浴洗去鍛鍊後的汗水，整理思緒決定接下來該怎麼做。

這個消息還沒告知深雪。

從八雲寺廟回家之後先淋浴，這是一如往常的模式。即使達也淋浴前先看電子郵件，深雪應該也不會光是這樣就認為發生某些狀況。

（不對……隱瞞八成也沒用。）

達也心想乾脆就這樣不告訴她，卻立刻駁回這個想法。

直覺敏銳的妹妹，不可能永遠都沒察覺。如果是和她完全無關的事情就算了，但深雪和這件事的關連程度，和達也一樣密切。

達也決定不要瞞著妹妹暗中行事，而是光明正大展開調查，接著關閉蓮蓬頭。

達也的手指在地下室設置的工作站控制台舞動。不過手指舞動的模樣不應該形容為「華麗」而是「迅速」與「正確」，堪稱是他的個性吧。

今天是週六，雖然只有半天課，還是要上學。但如果調查費時，達也想過編藉口請假。

不過在這種狀況，理所當然般地陪伴在身旁（對於當事人來說應該是沒有議論餘地的「理所當然」）的深雪，一定也會理所當然般（對於當事人來說或許是「必然」）擅自把今天當成假日，所以達也打算到最後關頭再決定要不要編藉口請假。

幸好立刻就找到目標檔案。

他正在非法連結國防軍情報部的分散式伺服器。雖然是情報部的系統，不過區區一個子單位的區域系統（這裡所說的「區域」不是獨立，是局部的意思），要對抗「電子魔女」藤林響子精心製作的駭客程式，實力似乎相當不足。只不過，情報系統細分化可以防止特定區塊的漏洞直接造成整體情報外洩，是一種預防風險的對策，或許該評定為各有利弊。

總之，這次對達也來說是順心如意的結果，所以他沒道理挑剔。

紀錄於資料庫的影像相當震撼。

不是殘酷、冷酷這種伴隨生理震撼的意思。

該處發生的事情，以及做出這件事的人物，為兄妹倆帶來不小的震撼。

嬌小人影隱藏在黑暗中入侵。

隨著警報開啟的燈光，照亮一名深紅色頭髮戴面具的少女。

擋住去路的便衣士兵，她以金色雙眼一瞪就震飛。她朝著刻滿複雜圖紋的門，揮動體積略大的刀子四次。門在少女往側邊移動的同時朝走廊倒下。

門後是一個小房間。寬度約能擺兩張單人床，偏低的天花板大約有兩公尺高。而室內牆邊擺著三層床。

一名男性雙手被緊身衣剝奪自由，雙腳也被上了腳銬，躺在三層床的中層。雖然血氣盡失給人不同的印象，但這張臉無疑是自稱馬堤的那個寄生物。

少女呼出白煙。看來室溫很低。

少女將先前手握的刀子改為自動手槍。

馬堤胸口被少女射出的子彈貫穿。

男性的身體突然著火。

推測可能的火種，就只有剛才擊發的子彈。應該是以子彈停留在目標體內為條件，所發動的燃燒魔法。

深紅頭髮的少女——安吉・希利鄔斯，也朝著床的上層與下層開槍。明顯是不考慮「內容物」的殺害行為，是只以燒燬「容器」為目的的「處刑」。

達也看著少女悠哉逃離的影像，下意識嘆了口氣。

他知道天狼星的任務包含對反叛、脫逃的魔法師處刑。也非常清楚對魔法師進行人道處置只是空談，即使如此還是無法壓抑嘆氣的念頭。

達也覺得這樣很殘酷。

居然讓十六歲少女負起殺手職責，不曉得USNA軍方幹部究竟在想什麼。就算是黑手黨，都還會稍微顧慮人選。這樣簡直和那些以聖戰名義，慫恿少年少女進行恐怖攻擊的宗教基本教義派沒有兩樣。

「哥哥，剛才那是……莉娜？」

達也已經將天狼星的祕密——「扮裝行列」的事情告訴深雪。

看來她從那段粗糙影像，認出殺手就是天狼星——莉娜。

「應該是。」

深雪看來也受到不少打擊，達也卻找不到緩和衝擊的巧妙話語。

事到如今，達也不打算批判殺人行徑，他不認為自己有這種資格。畢竟有各式各樣不能見光的任務，在這些骯髒工作之中，暗殺甚至堪稱歸類於比較乾淨的一類。

不過，這同時是孤獨又鬱悶的工作。

除非個性相當合適，否則這個職責對於青少女過於沉重。甚至會因為無法承受這份重量，導致內心逐漸損毀。

而且就達也所見，莉娜不適合擔任暗殺者。

從深雪投向達也的聲音與語氣，就知道她也抱持相同意見。

這樣下去，或許一整天都會以陰鬱的心情度過。

不過，幸好（？）接下來立刻發生更震撼的事情，將這份憂鬱情緒一掃而空。達也入侵防諜第三課影像伺服器的監視器畫面，突然映出完全不同的影像。

那是個金髮碧眼，看起來是盎格魯撒克遜人的少年上半身影像。看起來有點稚氣，但年齡應該和達也差不多。

差點慌張驚呼的深雪摀住自己的嘴，但達也維持鎮靜。

因為他知道用來入侵的這個工作站，原本就和其他系統隔離，線路也是專用。這個房間沒有麥克風或監視器之類的東西，只有這邊單方面接收資訊，線路另一邊無從觀察這邊的狀況。

『哈囉～聽得到嗎？請容我以那邊聽得到為前提說話。』

正如預料，映在螢幕上的少年並沒有要和達也這邊溝通，單方面開始述說。

『首先做個自我介紹吧。我的名字是雷蒙德·謝茲·克拉克，「七賢人」之一。』

深雪放在達也肩膀上的雙手，不知不覺使力。

這個觸感，使得達也察覺自己肩膀也在用力。

『我有從緹雅……不對，從雫那裡聽聞你的事情。達也，請多指教。』

原來如此，這名少年似乎是雫留學學校的學生。

應該也是那個情報提供者。

如果雫的情報來自莉娜所說的「七賢人」，能取得非公開情報也沒什麼好奇怪的。

不過，這個七賢人究竟有何用意？

居然不惜刻意讓達也看見他的真面目。

這個影像是偽造的可能性也不是零，但達也直覺認為，這就是雷蒙德．謝茲．克拉克的真面目無誤。

『我開門見山地說吧……啊，這個詞真不錯。』

順帶一提，雷蒙德講的是日語。雖然有點外國腔，「開門見山」的發音卻很流利。不過他的說話方式一點都不「開門見山」。

『是我將這裡的事情告訴安吉．希利鄔斯。』

達也反射性地覺得他這句成語用錯地方。不過很遺憾，他沒辦法指摘。

順帶一提，他不用思考也知道「這裡」指的是防諜第三課。

『但是不知為何，她在我提供情報之前，似乎就知道這裡的事。』

這是怎樣？達也如此心想。既然對方早已得知，就不叫作「提供」。

但是對錄影影像如此吐槽也沒意義。達也決定看完這段訊息。

『而且，我也想提供獨家內幕給你。』

居然知道「獨家內幕」這麼俗氣的詞。或許他是向媒體界的人學日語。

『我想，這個內幕對你很有意義。關於費用，我很想說等你看過之後隨意付，不過這次就當成見面禮免費提供吧。』

「我又沒拜託你。」達也明知他聽不見還是如此低語。

不過，他的從容只能維持到這裡為止。

『目前在美國肆虐，日本也逐漸遭殃的魔法師抵制運動，是七賢人之一——紀德・謝茲・黑顧所籌劃的。』

由於過度突然，達也都不禁驚愕。

『紀德・黑顧，另一個姓名是顧傑。是無國籍華裔人士，國際恐怖組織「Blanche」的總帥。是你所逮捕的Blanche日本分部領導者——司一的頂頭上司。』

對方接連說出熟悉的名字。

『他也是國際犯罪集團「無頭龍」的前領袖——理查德・孫的老大哥。無頭龍內部稱呼他為

「黑之老師」或「黑顧大人」。』

達也目不轉睛地注視螢幕。

『啊，我把話說在前面以防萬一，就算他是七賢人，和我也沒有共謀關係。因為七賢人不是單一組織的名稱，是取得至高王座操作權的七名管制員。』

在這個時候無法交談——無法詢問，實在令人心急。

至高王座……達也只聽過這個傳聞一次。這傳聞聽起來彷彿都市傳說，原來真實存在？這個東西真的如傳聞所述嗎？

『所謂的至高王座（Hlidskjalf）……』

雷蒙德在看透達也想法般的時間點開始說明。

『是全球監聽系統「梯隊系統Ⅲ（Echelon）」的追加擴充系統之一。由於利用了梯隊系統Ⅲ的後門，形容成躲在系統裡的駭客系統比較妥當？達也，你認為呢？』

就算他這麼問，達也也無從回答。

雷蒙德當然明白這一點，他不等達也回答就繼續說明。

『至高王座的主體位於何處，就連我們管制員都不知道。或許純粹只是程式，沒有硬體的主體也說不定。』

畫面裡的雷蒙德聳了聳肩，動作莫名有種卡通片的氣息。

『總之，至高王座以更勝梯隊系統Ⅲ主系統的效率蒐集全世界的情報，在管制員搜尋時提供符合的情報。管制員是由系統本身挑選，看不出挑選基準有什麼法則，表面上完全隨機。』

雷蒙德做出輕輕揮動菸斗般的默劇動作。對他本人來說，忘記準備小道具應該也是相當地不得已吧。

『如果硬要提出共通點，大概是必須具備足夠財力，能夠自行準備高階情報系統吧？而且也不用是大富豪，只要具備美國或日本中產階級的平均生活水準就夠。』

話題內容真是不得了。

這是達也聽雷蒙德說到這裡的感想。

製作至高王座的人究竟在想什麼？達也只覺得是無比追求剎那快感、享樂本位、為了看好戲而犯案的駭客。

『總之，這系統實際上沒那麼了不起。在硬體層面，至高王座完全依附在梯隊系統Ⅲ，只不過是提升篩選情報的效率。到頭來，這是監聽系統，因此無法調閱儲存後的資料。此外，系統有防護裝置，搜尋結果無法儲存在外部裝置，情報只限定提供到管制員的腦中。頂多只能讓個人藉由該系統的情蒐能力自稱「賢者」。』

不對，光是這樣就是重大的威脅。

在這個時代，所有具備意義的資料，可說已全部轉移到網路上。

從未在網路傳送過的資料，究竟有多少？

『何況管制員使用至高王座也有風險。至高王座為了提升搜尋效率，使用名為福金(Hugin)與霧尼(Munin)的兩種媒介。然後，管制員的搜尋履歷會記錄在霧尼。其他管制員會知道這個管制員調查過哪些事。我也是從霧尼的紀錄得知紀德‧黑顧的事。』

聽到這裡，達也內心感到詫異。依照這個道理，紀德‧黑顧應該也知道雷蒙德‧克拉克的真實身分吧？

『Blanche日本分部毀滅、無頭龍喪失日本據點，使得黑顧失去介入日本的手段。寄生物前往日本也是黑顧安排的，目的是趁著這股騷動重建日本的行動據點。』

畫面裡的雷蒙德停止肢體動作。看來這個話題對他來說很正經。

『我分析他的目的，是從社會層面埋葬魔法。因為若能驅逐魔法技術，身為魔法後進國的大亞聯盟就可以一鼓作氣改善軍事平衡。我覺得黑顧與幕後人士的目的，是在沒有魔法的世界中取得霸權。』

乍看之下似乎各方面有些跳躍，但是從整體來看，達也覺得符合邏輯。何況達也自己也感覺到大亞聯盟希望扼殺魔法技術。

『這不是我的期望……要笑我是浪漫主義者也好，但我認為魔法會帶動人類革新。』

正因為知道對方聽不到，所以達也真的笑出聲來了。看來，自己在基本部分和這名少年意見不合的樣子。

『就是因為如此，所以我今後打算繼續提供必要的情報給你。司波達也——戰略級魔法師「破壞神（The Destroy）」。』

雷蒙德說出的誇張別名，使得達也深深蹙眉。

——這名字聽起來，簡直就像是廉價的電玩遊戲首領角色。這名少年或許是已成為世界共通語的「阿宅」。

『講得有點久了。總之，我也會為這次收拾寄生物提供助力。這就是我的提案。』

不只是有點久吧？達也如此心想，卻沒關閉螢幕。

『關於紀德·黑顧的情報免費，要不要相信也由你自行判斷。你是否相信我接下來告知的事情，也交由你判斷。只是如果你願意相信，希望你能支付你的勞力作為代價。』

雷蒙德說到這裡暫時停頓。並不是在賣關子，從畫面映出的表情就知道他在緊張。

『明天，你們那邊日期的二月十九日夜晚，我會引導所有活動中的寄生物，前往第一高中後方的野外演習場。希望你在那裡殲滅寄生物。』

雷蒙德沒有提出任何證據，但是達也在這個階段，已經打算接受他的提案。

『此外，我也已經將這個情報告知安吉·希利鄔斯。要合作還是競爭也隨你高興。』

達也不想接受這份關照，但是很遺憾，他沒有提出異議的手段。

畫面中的雷蒙德不再說話，螢幕突然變暗。

達也頭上響起大口吐氣的聲音。

深雪似乎將胸中的空氣一鼓作氣吐出。

達也同樣放鬆肩膀，嘆了口氣。

「該出門了，不然會遲到。」

達也起立轉身對深雪這麼說。

一年Ｅ班第二堂課是實技。

雖說是上課，但依然沒教師。學生們只是依照牆面螢幕顯示的指引，自行操作ＣＡＤ與測量器。學生們也已經習慣，所以甚至有餘力享受無人監督的悠閒——這和對己身境遇的放棄念頭互為表裡，不過究竟何時會翻轉，或是永遠維持正面心態，就端看他們各自的天分了。

至於這個人，一定會一直維持正面心態吧。

為了完成某件不能大聲張揚的事情而遲到的雷歐，進入實習室之後左右張望，認出幹比古、艾莉卡與美月就悠哉走到他們身旁。

「……雷歐，你遲到了。」

「別說這麼死腦筋的話啦。」

幹比古即使最近軟化許多，依然發揮天生的正經個性，話中帶刺地責備。雷歐朝他露出滿不在乎又無懼一切的笑容。

他的笑容立刻切換為「咦？」的表情。

「達也呢？」

「好像有客人找他？」美月回答雷歐的詢問。

美月語氣之所以是疑問形，應該是感到疑惑。

「客人？來學校？」

雷歐蹙著眉繼續詢問，美月只能回以含糊的笑容。

「不提這個，快完成吧。」

艾莉卡從旁邊以一副無所謂的語氣插嘴。不過這份漠不關心的態度背後，隱藏著警惕別涉入他人隱私的氣息。

「說得也是。畢竟今天的課題似乎有點費力。」

幹比古說著開始設定ＣＡＤ。艾莉卡如同置身事外、美月有些不安、雷歐的臉部肌肉微微抽搐，三人各自以不同的笑容點頭。

另一方面，達也掛著似乎不太高興的撲克臉，坐在會客室的沙發。

相對而坐的是身穿高級西裝，只有外表像紳士的壯年男性。他確實掛著不高興的表情。

彼此以不高興的表情相對，遲遲沒開始交談。

先失去耐心的，是上課時硬是被叫來的達也。

「青木先生，差不多可以容在下請教來意了嗎？」

先不提遣詞用句，達也的語氣絕對不算恭敬。因此被他詢問的青木，脖子以上的不高興程度變本加厲。

青木也是因為對方是達也，才如此輕易將心情寫在臉上吧。青木十多年來面對盤踞在地下經濟的魑魅魍魎保護四葉金庫至今，不可能不會惺惺作態，也得準備好幾套話術靈活運用。

表露情緒會提高任務難度，青木應該知道這一點。然而他在四葉家的順位、自己所依靠組織內部的階級，束縛著他的意識。

階級意識會令人如此愚昧。

「……在下還在上課，您沒事的話，請容我就此告辭。」

「且慢。」

達也發布的最後通牒終於使青木開口。但是語氣不情不願。

「你前幾天購買了3H—P94對吧？」

聽起來明顯是努力維持制式化的語氣。達也覺得很滑稽，但卻並未笑出來。進行這種無聊的報復，應該也無法宣洩鬱悶的心情。

「正確來說是前天。」

達也決定和他一樣使用制式回應。不過很遺憾，他的決心立刻瓦解。

「夫人想要那個。我們這邊會出你所支付金額的兩倍，立刻交出來。」

達也俐落起身，以雙眼仔細確認是否有人竊聽或偷拍。

魔法科高中校內，觀測魔法力使用的機器隨時在運作，因此達也不能隨意動用「眼睛」，但他的肉眼也經過相當的鍛鍊。總之剛才那番話沒有外洩的徵兆。

達也從制服內袋取出行動終端裝置插上傳輸線，將線的另一頭遞到青木面前。

仔細想想——不對，用不著仔細想也知道這是失禮的舉動，但是達也不容分說的目光，使得青木即使蹙眉，依然取出自己的終端裝置插上傳輸線。

『青木先生，您發燒了嗎？』

首先傳來的訊息，劈頭就是這個問題。

青木反射性地想怒罵達也，但是對方釋放非比尋常的壓力，使他不禁自制。

『今天是週六。只要再四小時，您應該可以找在下前往不起眼的地方。為什麼要冒著這種風險，在學校會客室討論「家裡的事」？姨母大人吩咐過我謹言慎行，以免他人察覺「我和家裡的關係」，您應該也知道這一點。』

青木佯裝冷靜的面具出現一道大裂縫，嘴角微微顫抖，臉色也有點蒼白。

達也知道青木採取這種冒失做法是基於什麼樣的意圖。應該是想避免深雪在場，以四葉家順位為後盾施壓。

青木應該也知道達也看透這一點。即使如此，他寫字回覆的動作依然順暢，了不起。

『我只是遵從夫人盡快達成任務的旨意。先不提這個，現在立刻把3H交出來。這樣我就立刻離開。』

『不可能做得到這種事吧？即使所有權移轉到在下這裡，和第一高中的租借契約依然有效。在下之所以會購買那具3H－P94，是為了防止被第三者拿走。在下會負責管理那具3H，請幫我轉達姨母大人。』

青木臉色由白轉紅。他想一如往常地怒罵達也。

「你要抗命？」

不過，達也投以的話語與視線，使得青木的怒氣與氣力逐漸萎縮。

達也看見青木的變化之後起身。他判斷對方已經不會繼續攔下他。

「站住。不對，等一下。」

但青木似乎還不打算打退堂鼓。

仔細一看，至今覆蓋在青木臉上，不對，覆蓋青木全身的驕傲氣息消失。達也也不認為青木已經由衷改變對他的態度。即使站在這樣的角度，青木的態度看起來也大幅改變。

「我為剛才的無理舉動道歉。如你所見。」

青木說著深深低下頭。他坐在沙發上道歉，依然令人感覺隨便，但他確實在向達也謝罪，這一點無從誤解。

「青木先生，請抬起頭。」

達也說著坐回沙發。並不是回應青木的誠意，到頭來，達也沒感受到青木的誠意。只是對於稍微「認真起來」的青木會說什麼話感興趣。

「達也……不對，達也閣下，你說的很中肯。既然是以維持租借契約為前提購買，照道理不能擅自拿走。抱歉剛才我強人所難。」

「不。」

青木再度低頭，達也也配合他微微低頭。達也的回應甚至只有一個字，是因為青木這番話過於理所當然，達也覺得怎麼回應都會成為挖苦。總之青木似乎感受到他已經不在意的態度，這次不用達也催促也立刻抬頭。

「只是，我希望你明白，夫人也不是基於玩心而想得到『你的』3H。應該是認定這是研究所需吧。」

「在下可以理解。」

「我已經不打算勉強你。你應該也覺得需要把那個東西留在手邊吧。但如果你覺得可以放掉那具３Ｈ時，能轉讓給夫人嗎？在這種狀況，我們這邊當然會準備合適的代價。」

要解讀青木這個提案的背後含意並不難。達也推測姨母不希望琵庫希交給第三者。

「如果你願意允諾，我們每年會支付你購買３Ｈ費用的一成作為履約費。」

「每年？」

但達也沒能推測到這提議。即使對四葉來說只是小錢，從世間物價來看也相當大方。

「沒錯，就是每年。具體來說，我們想和你正式簽訂每年自動更新的契約，以附加條件的方式預購。」

而且不是口頭約定，是要求正式簽約。無論對於達也或是四葉，購買費用的一成都不貴。正式簽約的目的，應該是在達也企圖毀約的時候主張所有權吧。這個要求隱約看得出四葉——真夜認真的程度。

「不過如您所知，在下未成年。」

「令尊那裡由我們這邊安排。」

換句話說，簽訂法定有效契約時的麻煩事，由青木一手包辦。

「明白了。如果是這種程度，在下不介意。」

青木的提議，對達也來說沒有不利要素。達也覺得比起堅持己見壞了姨母的心情，這時候還是應該妥協。

◇　◇　◇

達也送青木離開校舍大門之後，走向實習室。第二堂課已經進入後半，但他覺得應該足以留下出席紀錄。

不過，達也的腳步在校舍大門通往走廊處停下。

「莉娜。」

久違看見的留學生，臉蛋相當憔悴。話是這麼說，卻不是臉頰消瘦或有黑眼圈，外表看不出異常，全身上下沒有不健康的樣子。

只是她無精打采。當事人偽裝成一如往常，不熟悉她的人應該會被她亮麗的美貌矇騙。但如果是熟悉她到某種程度的人（即使是達也這種程度的交情），應該會因為感受不到那股令她閃亮容貌更加耀眼的充沛活力，而覺得不對勁。

看起來像是累積了精神上的疲勞。

似乎是心理層面陷入相當的困境。

不過，這樣的莉娜醞釀出蒙上陰影的虛幻美感，展現和平常相反的魅力。即使是對女性外在沒什麼興趣——應該說在這方面早已習慣的達也，也覺得美少女真是吃香。

「達也。」

就算這樣，也沒有演變成看到入神導致反應慢半拍的老套劇情。

被叫到名字的達也，視線和莉娜藍寶石色的雙眼相對。

「你知道了嗎？」

「嗯。」

兩人當成話題的，是七賢人之一——雷蒙德提供的情報。他單方面告知會在明天晚上，將寄生物引導到後方的野外演習場。雖然兩人的對話省略太多言語，彼此卻完全深信自己的意圖有傳達給對方。

「知道是誰嗎？」

「不。」

達也聽到她的回應，推測雷蒙德沒對莉娜露臉。基於某種意義也是理所當然吧。要是USNA軍查出了賢者的身分，肯定會徹底查明那座知識之泉的真面目。

「這樣啊，真遺憾。」

「還好啦。不過這次無妨。」

莉娜暫時停頓，朝達也投以挑戰的目光。

「達也。」

強烈的目光。

相較於上演廝殺場面的那一晚，視線蘊含更堅定的意志。

「我不會跟你套交情。」

達也早就明白卻重新領悟。先不提是否有好感，打從一開始就沒有並肩作戰的選項。

「我明白。我們所處的世界終究不同。」

達也的回應，如同古典（在這個場合和老套同義）浪漫小說（要說是電影也行）分手場面使用的台詞。

之所以刻意挑選容易令人誤會的說法，是以防有人偷聽。

仔細一看，莉娜將臭罵的話語吞回肚子裡。看來她在短暫時間延遲後察覺達也的意圖。

雖然這麼說，莉娜臉蛋依然泛紅。達也總覺得她臉上紅暈的意義和剛才不同。

「簡直是笨蛋！」

莉娜轉身扔下這句話。

這究竟是順著達也演技說出的話語？

還是莉娜的真心話？

此時的達也只明白一件事。

——今天放學後得留下來完成實技課程了。他隨著這份死心的念頭認知現狀。

◇ ◇ ◇

這裡是四葉本家。

為主人準備午後紅茶的葉山懷裡，響起小小聲的電子合成聲通知來電。葉山見到真夜點頭示意，取出古典折疊式的語音通訊專用終端裝置，打開抵在耳際。

「是青木嗎……嗯，換句話說，你沒盡到職責……事實上，你沒完成夫人的吩咐吧？總之，基於這種隱情就不得已了……但我覺得不用這麼慌張。達也閣下不會因為這種事就毀約……我明白了，夫人這邊由我轉告……嗯，努力吧。」

「……青木先生怎麼說？」

真夜詢問將終端裝置收回懷裡的葉山。葉山一副為難的苦悶表情，向真夜低頭致歉。

「夫人，非常抱歉。取得3H的任務失敗了。」

沒有完成職責的是青木。但葉山是首席管家，也可說是青木的上司。他是真的以青木的差勁成果為恥。

對此，真夜沒清楚回應是否原諒。

「剛才似乎提到達也。」

真夜表達關切之意的是這件事。

「那具3H被達也閣下買走了。」

回答問題的葉山，露出像是忍受苦笑的表情。

「達也閣下似乎用計，避免那具人偶落到其他人手中。他維持人偶對第一高中租借契約的效力，只買下所有權。」

這個處置和真夜指示無法取得琵庫希時的備案相同。

「……他是早知如此而這麼做？還是巧合？」

「這個嘛，屬下不清楚。」

真夜臉上浮現困惑神色，但她似乎立刻在腦中整理好狀況。

「……也對，既然達也負責管理就無妨。」

「青木似乎打算和達也閣下簽約，在達也閣下不想保管3H之後買下。」

「嗯，就這麼做吧。」

這次葉山朝真夜微微低頭致意。真夜應該打從一開始就沒有責備青木的意思，當然也不會責備葉山，但葉山感謝主子原諒他的過失。

「不過，我還是想先取得樣本……」

真夜自言自語，葉山以「差不多不能置之不理了」的表情勸告。

「夫人，雖然應該不需要屬下提醒，但是最好避免積極和非人類的妖魔打交道。」

真夜未見衰老的美貌露出嘲諷表情。

「因為那幾位不會給好臉色看？」

「如您所說。」

「畢竟是重要的贊助者啊。」

真夜露出壞心眼的笑容，葉山微微蹙起了眉頭。

「我明白葉山先生的意思。我也不想刻意興風作浪。我想取得『寄生物』，是因為我覺得四葉需要它們。」

「那麼，夫人認為研究寄生物這種魔物，可以更加接近精神干涉的奧祕嗎？」

「是的。精神究竟是什麼？四葉至今一直在尋找這個謎題的解答。據說寄生物的真面目是精神的獨立情報體。精神的素材、精神的構造、精神的位置……至少在解析精神的性質時，它們應該能成為提示。」

葉山理解真夜的想法之後恭敬行禮。

真夜大方地點點頭，回到原本的話題。

「話說回來，那些魔物的動向如何？」

「依照剛才從黑羽閣下那裡領取的報告，昨日深夜『處理掉』的魔物已經復活。」

「已經復活了？還真快。」

「應該是有著急的理由吧。黑羽閣下表示，那些魔物似乎正在備戰。」

「這樣啊……交戰對象是誰，我應該不用問吧？」

如此詢問葉山的真夜，臉上露出憋笑的表情。

「以它們的作風來說，它們應該無法放任同胞被囚禁在人偶裡。」

「到了這種程度，與其說他受到麻煩事的青睞，我覺得或許是他喜愛麻煩事。」

真夜話中所指的「他」，不用說，正是她的外甥。那名當事人一定會強烈否定，但至少這裡沒人提出異議。

「知道是什麼時候嗎？」

「黑羽閣下預測會在明晚，於第一高中周邊開戰。」

「居然說『周邊』，很像是貢會使用的慎重說法……那麼，請轉達貢派人過去那裡。至於隊長呢，我想想……就亞夜子吧。因為我們的目的不是戰鬥。」

「遵命。」

葉山拍拍手叫侍女前來代替他服務真夜，為了將真夜的吩咐轉達給貢，走向電話室。

◇　◇　◇

事到如今無須強調，七草真由美是考生。

今天是二月十八日，星期六。距離魔法大學入學考還剩一週。雖然落榜機率幾乎是零，但這個時期也確實不該在意其他事。「吸血鬼事件」表面上落幕，對她來說（主要是在心理狀態）是件幸運的事。

真由美在學校圖書館複習不擅長的科目，抵達家門時，太陽已經即將西沉。她立刻察覺前來迎接的年輕幫傭有點提心吊膽。

「父親大人回來了？」

「是的，大小姐。」

訓練有素的侍女沒有口誤或結巴，但在真由美眼中，很明顯是她的父親令侍女害怕。

（讓年輕女生害怕成這樣……父親大人在做什麼啊。）

即使在內心感到不耐煩，寫在臉上只會讓幫傭更加惶恐。

「這樣啊。」

真由美朝侍女展露笑容，就這樣回到自己房間。

此時的書房，當家七草弘一朝心腹名倉投以藏不住煩躁情緒的不悅表情。

「……那麼，入侵防諜第三課，殺害落網寄生物的人，是STARS的天狼星？」

「幾乎可以確定無誤。」

即使主人投以憤怒情緒，名倉也沒有害怕的神色。他的態度恭敬，卻和葉山對真夜的態度不同，隱約看得出公事公辦的一面。名倉雖然是心腹，卻不是七草家的成員，應該說處於傭兵的立場，並不是隨時隨侍在弘一身旁。他既會擔任真由美在內的孩子們的隨扈，也曾受命進行情報收集之類的非法活動。這是弘一對待失數家系的方式。

「但即使對方是STARS的天狼星，居然如此輕易容許入侵，甚至任其殺害囚犯，情報部真是沒出息。我找錯委託對象了嗎……」

弘一扔下這番話。名倉冷靜地反駁。

「國防軍的情報部絕非無能。防諜第三課大樓的警備程度，預料我們要入侵也相當困難。昨晚的事件只是STARS技高一籌。代表他們號稱世界最強魔法師部隊，並非浪得虛名吧。」

名倉「簡直」像是在規勸自己的這種說法，使弘一表情越來越不悅。但他此時並未失去冷靜到臭罵名倉一頓的地步。

「老爺，屬下明知失禮，還是建議您在這件事是時候收手了。七草家繼續涉入此事，能得到的利益已經不多。」

「……也對。」

弘一還殘留足夠仔細推敲名倉建言的冷靜。

「九島家似乎也因為這件事而出動了。考量到這樣能夠彌補失去的戰力，現在確實是收手的時機吧。」

「是。」

「命令正在出動的成員回到平常的崗位。名倉，你可以離開了。」

「屬下告辭。」

弘一開始自行操作編碼通訊機，名倉向他行禮致意之後離開書房。

西元二〇九六年二月十九日，星期日。

會在今晚引出寄生物。大海另一邊提供的這個情報，達也並非全盤信任。

經過調查，已經證實名為雷蒙德·克拉克的少年就讀雫留學的學校。儲存在學校伺服器的照片，和那封影音郵件發言人的長相相同。

但光是這樣無法保證雷蒙德．克拉克出言屬實。如同匿名情報不見得都是謠言，記名情報也不一定總是可以信任。

不過，達也還是像這樣，前往了對方指定的地點——第一高中野外演習場。因為他沒有其他有力的線索。

等待對方主動出現，或是期待巧合。現狀除此之外別無他法。因此即使被假情報要得團團轉而浪費一天，也沒有太大的差異。

寬敞校區後方是遼闊的人工森林，以高中來說算是特例。不對，正確來說，森林也是第一高中的校區，但是難以和自然山林區別的這個區域，居然屬於學校的一部分，常人即使知道這個知識也很難實際體認。在森林輪廓都無法看清的深夜更是如此。

時間剛過晚間七點。原本形容為「深夜」或許是錯的。但這裡和燈火壓制黑暗的東京都心不同，是毫無路燈，沉沒於真正黑暗的夜晚森林，不適合以「剛入夜」之類的方式形容。

演習場四周環繞高高的圍欄，以防外人不小心進入。要是魔法互擊的時候有普通人（意思是無法使用魔法的市民）迷途闖入，不曉得會造成何種慘案。

只不過即使沒有圍欄，也幾乎不用擔心城鎮居民進入演習場。至少住在這附近的人都知道，這裡是第一高中的實習區。

更何況，這個區域沒有和魔法科高中無關的民宅。政府在這裡建造第一高中時，即使沒有強迫，依然以相應的補償金為代價，讓那些和魔法無關的市民、無法使用魔法、不想和魔法有所牽扯的市民自行搬家。留在這個區域的人們，很清楚進入魔法科高中的野外演習場多麼危險。

這裡沒有特別設置保全系統，正是基於這樣的背景。雖說是演習場，但也只是單純的人工森林，所以沒東西好偷，沒必要花經費防止外人入侵。

「跳得過去嗎？」

達也仰望高約三公尺的圍欄詢問同行者。唯一的入口只有從第一高中後門直通的道路，因此離開學校的他們必須翻越圍欄入內。從校外入侵演習場很簡單，但要從校內入侵演習場，就很難騙過監視系統。這個系統是提防歹徒從演習場入侵校區所設置，但不只是從演習場入侵的人，從校區逃往演習場的可疑人物當然也是監視對象。

「哥哥，那當然。」

「我也可以。」

「這種程度不成問題。」

深雪、艾莉卡、雷歐依序回應達也的詢問。

『做得到。』

在最後，達也真正詢問的對象——琵庫希以心電感應回應。

今晚的同行者是這三人加一具──達也原本預定不打算帶深雪過來。對艾莉卡也一樣，達也基於至今的事情經過，只打算先知會她一聲。

但達也在告知今晚這件事的時間點，也知道應該沒辦法要求她們乖乖等待佳音。深雪理所當然跟著出門時，以及艾莉卡主動指定會合時間時，達也都沒有特別抗拒。明知道會徒勞無功卻依然抗拒，只是浪費時間的行為。達也放棄抗拒之後，反倒積極將朋友們納入作戰計畫。

重新將注意力移向演習場，就察覺森林的空氣在騷動。看來其他演員已經走上舞台。

達也假裝操作ＣＡＤ（他在這個時候依然沒忘記保密義務），從記憶裡叫出「跳躍」術式，帶頭跳過圍欄。

四人加一具聚集起來，在寬敞的人工森林前進。他們沒採用散開尋找目標的方法。在如此寬敞、黑暗的區域裡，只以四人分頭尋找，只會增加被各個擊破的風險，無法期待任何好處。

何況不用刻意尋找，對方也會主動接近，這一點已經在青山墓園得到證實。這次對方提高警覺不出現的可能性並不是零，但是思考這種事也沒用。如果這樣找不到寄生物，明天起再度土法煉鋼搜尋就好。

而且，那些傢伙應該會出現。達也有這種預感。

不是預知。

也不是合理的推論。

雖然等同於毫無根據，達也卻抱持著確信，穿過樹林前進。手電筒的燈光只照亮地面一小部分，但沒人被樹根或枯枝絆到腳。眾人仔細檢視地面是否留下新的腳印，以白天走路的速度持續往深處前進約十五分鐘。

『達也同學，請停步。』

戴在單耳的免持通訊機傳來美月的聲音。群組模式的通訊傳到所有人的收訊器。

『現在前進方向右方三十度的方向，看得到寄生物的靈光。』

美月並未和達也等人同行。相對的，她從可以眺望野外演習場的樓頂，以她的「眼睛」引導著四人。

『我也確認到了！是二男一女的三人組。』

穗香的魔法參考美月捕捉的靈光，將影像傳入監視器。以光學魔法取得的影像，將等同於在白天近距離拍攝的鮮明影像送進監視器鏡頭，透過無線訊號傳到達也等人的情報終端裝置。

美月與穗香——如果沒有具備特異魔法師天分的這兩人，這種索敵架構不可能實現。正因為判斷這個架構的實用性在今晚的任務不可或缺，才會將寶貴的戰力——幹比古安排為兩人的貼身護衛。幹比古自己也沒對這份職責表達不滿。他理解這是重要的工作，也認同自己適任。

『啊！有個戴面具的女生，從達也等人的反方向接近寄生物。』

穗香再度報告。看來寄生物的靈光活性化，是為了迎擊莉娜。

達也以手勢指示移動。深雪、艾莉卡、雷歐與琵庫希點頭回應。

下一瞬間，達也化為穿越森林的疾風。

艾莉卡緊跟在後，雷歐一邊觀察兩側狀況，一邊配合深雪與琵庫希的速度奔跑。

◇◇◇

達也等人的團隊、寄生物群、莉娜與背後的支援部隊。

目前位於這裡的是這三個勢力。達也與莉娜都這麼認為。

達也知道國防軍之中，有個集團企圖逮捕寄生物，但他知道這個集團受到七草家的影響。透過真由美提出的警告、四葉家確實採取行動造成的牽制，以及「安吉．希利鄔斯」造成的嚴重打擊，達也判斷這幾個要素重挫他們的意圖，至少沒餘力在事隔幾天後就出手。

然而實際上，有一組團體正沿著樹木與矮樹叢所形成的陰暗處，各自從達也與莉娜所見的側邊接近。

只以擅長近戰的魔法師組成，隸屬於國防陸軍第一師的游擊步兵小隊，通稱「拔刀隊」。這個部隊正如其名不使用槍，專門以刀劍型演算裝置偷襲對手。

本次之所以動員他們，在於東京是第一師的管轄範圍，而且基於任務性質必須祕密行動。除了這兩點之外，另一個隱情在於他們是受到九島家影響的部隊。不對，或許最後一項反倒是最大的理由也說不定。

達也不是千里眼，無法將自己不曉得的事情納入計算，結果也當然會得出錯誤的答案。九島老者對於寄生物身為兵器的價值感興趣，短短三天就派出人馬，這是達也無從得知的事。

此外還有一個勢力。或者應該形容為還有一人。

有個人影單獨追蹤拔刀隊。

如今，在第一高中野外演習場，五方勢力即將面臨無法迴避的衝突。

以STARS總隊長身分，完成「天狼星」的任務。

莉娜現在的支柱，只有這份矜持。

她並非在來到日本之前完全不知挫折為何物。在五角大廈規劃的年少軍官教育課程，她在代數與生物學的成績到最後只拿到C；在格鬥術訓練，同一組學員裡，有一個身體能力等同於怪物的同年紀少女兵，她再怎麼樣都打不贏；載人機械的駕駛訓練，老實說她很不擅長。

不過，她在魔法領域未嘗敗績。

STARS總隊長——安吉·希利鄔斯。

世界最強的魔法師之一。

所有人都如此讚揚她，她自己也對魔法技能抱持絕對的自信。

然而在日本，她敗給那對兄妹。

第一戰是她占上風。

撤退是預定的行動，反倒是「大搖大擺脫離」的形式。

第二戰面對達也的「神風特攻」被制服，不過最後是敗給出乎意料的伏兵。即使在作戰上敗北，也不是在魔法領域落敗。

然而，接下來和深雪的一對一，是她輸。

即使條件不利，莉娜自己也不認為能當成藉口。

正面交鋒而敗給了深雪。

那次的敗北，帶給莉娜更強大的鬥志。

內心沒有因為敗北而受挫，而是立誓雪恥。

然而……

在期望雪恥的那一戰……

莉娜完全敗給了達也。

將對方拖入一對一的狀況，甚至使用戰術魔法兵器「布里歐奈克」，然後敗北。

即使對達也感到不甘心，卻沒有抱怨或憎恨。達也別說侮辱莉娜，甚至沒抓住她。

那場戰鬥本身也很公平。不對，她的條件比較有利。

達也的魔法技能，更重要的是他的精神力都勝於我……莉娜如此解釋並且接受。

不過，那次的敗北應該也撼動她的存在意義。

世界最強的實戰魔法師──天狼星。

這是STARS自稱「世界最強」不可或缺的招牌。因此STARS總隊長不問年齡與性別，是由USNA最強的魔法師獲選。要是這個魔法師不屬於軍方，千方百計都要拖進軍隊，拱為STARS總隊長「天狼星」的地位。

這次的敗北幾乎不可能洩漏出去。更何況，達也、深雪以及背後的人們都避諱這件事。那場戰鬥的所有當事人，都不希望天狼星這塊招牌受損。

然而即使不會被第三者得知，敗北的事實也儼然存在。莉娜為了彌補這次的汙點，非得證實自己的能力足以勝任「天狼星」一職。

為了讓她繼續擔任天狼星。

為了那名在她成為天狼星時，成為代價消失的少女；為了位於已逝的可能性當中的自己──

安潔莉娜・希爾茲。

◇ ◇ ◇

達也以肉眼視野捕捉現場的時候，深紅頭髮、金黃雙眼、戴著面具的莉娜，正獨自應付著三名寄生物。

寄生物無須啟動式，只以意念就能施展攻擊魔法，莉娜面對這樣的對手絲毫沒屈居下風。攻守比例大約是莉娜七、寄生物三。但其中一具寄生物擁有棘手的能力，莉娜似乎因而無法給予致命的一擊。

這個能力是仿真瞬間移動。

以魔法種類來說，是慣性中和與高速移動的複合術式。

對方運用這份機動力與人工森林的樹群不斷進行三次元的移動，一出現就射出子彈或魔法。用為攻擊的魔法干涉力不高，以莉娜的魔法力不構成威脅。就算這麼說，也不能毫無防備地遭受敵方攻擊。每次展開防禦魔法，就得中斷攻擊其他敵人，這樣的戲碼持續上演——達也朝狀況一瞥就如此判斷。

雖然達也並沒有助莉娜一臂之力的意思，但他停下腳步，以「分解」瞄準使用仿真瞬間移動的寄生物。

多數魔法師，是以五感進行魔法的瞄準。就算使用的是五感以外的知覺，也是瞄準對方所在的座標。

一般來說是如此。

不過達也可以直接瞄準對方的情報本身。即使座標情報千變萬化，只要能夠認知數值本身，就不會成為瞄準時的阻礙。

對於達也來說，仿真瞬間移動不構成障眼法。

「交給我吧！」

不過，不只是達也如此。艾莉卡追上停步的達也，就這樣超越達也，發動慣性控制。

仿真瞬間移動之所以造成威脅，是因為對方的手腳跟不上，最重要的是目光跟不上。因此如果對方的速度超越術士的速度，以仿真瞬間移動為基礎的三次元機動就只是無謂的雜耍。

艾莉卡握著請五十里家製作、叫達也調校（不是請），屬於「大蛇丸」縮小版的武裝一體型CAD「蛟丸」，筆直加速。

她前往的地方，是踩踏樹幹與樹枝的寄生物正要著地的位置。

常人少有的動態視力；在慣性中和術式之下也不會失去平衡的身體控制；沒有無謂讓身體上浮，踩穩地面前進的步法；精確掌握對方著地瞬間的洞察力。

魔法力應該是寄生物較強。

但艾莉卡身為武者的實力，顛覆了這份差距。

艾莉卡揮出蛟丸。

磨利的刀刃毫不猶豫地橫砍過寄生物軀體。

達也變更局部分解術式的瞄準位置，將試圖對艾莉卡釋放念動力的寄生物四肢射穿，使其趴倒在地，再朝著艾莉卡收刀給予致命一擊的寄生物宿主屍體伸出左手。

幹比古從校舍樓頂搭建的簡易祭壇，架設妨礙寄生物脫離宿主的結界。幹比古之所以留在樓頂，不只是為了保護美月與穗香，也是因為他能使用遙控的結界術式。

雖說如此，結界的效果並不完整。不是幹比古的功力，是術式性質的問題。結界原本不是像這樣臨時構築的術式。

只要宿主沒死，寄生物就無法脫離宿主逃走。換言之，要是宿主死亡，寄生物就可以逃離身體。也就是說即使逮捕屍體，也無法抓到寄生物。既然艾莉卡已經殺害宿主，就非得先處理那邊的狀況不可。

達也的手掌射出了想子聚合物，剝奪寄生物主體的想子。不對，依照給人的感覺，與其說是「剝奪」更像是「擊飛」。

達也、深雪、幹比古三人檢討上次的戰鬥結果後，眾人假設寄生物是以靈子情報體為核心，外側再以極為細長，以物質形容就是纖維狀的想子情報體交纏、包裹靈子核，而寄生物行使魔法時會消耗這些想子。

以達也的能力，很難破壞主體的靈子情報體。這已經在兩次的交戰中驗證。

不過，同時也有種能削弱對方的手感。

至於幹比古，雖然很難以自己的實力封印正常狀態的寄生物，但如果對方是失去魔法抵抗力的弱化狀態，他保證自己也能封印。

「幹比古！」

達也朝著和收訊機一組的免持麥克風呼叫。但這原本是不需要的行為。因為幹比古藉由穗香的光學魔法與美月的「眼睛」，已經掌握了場中狀況。

幹比古「看著」現場的證據，在於達也呼叫的時候，天上幾乎同時打下細長的雷光。雷光命中宿主的屍體，燒焦其皮膚。留在皮膚的烙痕是具備法則的圖樣——幾何學圖樣與文字。

「搞定一個了！」

艾莉卡大呼痛快。達也眼簾也沒映出情報體脫離宿主的光景。

然而，達也無暇和艾莉卡同步表達喜悅。

他以「發勁」攻擊剛才剝奪四肢行動能力的寄生物。

殘留生體反應的宿主身體劇烈彈跳。

封印之雷再度從天而降。被達也的想子彈命中而四處翻滾的身體停止動作。這是第二具封印的寄生物。

視線一角迸發不同的電光。不是古式的雷擊法術，是現代魔法的電擊。

寄生物宿主被莉娜的魔法燒成黑炭。這具軀體已經是空殼。

「一具逃走了。美月，看得出來嗎？」

『不好意思，從這裡無法看清一舉一動……』

達也反射性地詢問通訊機，傳回耳中的是愧疚的聲音。即使如此，仔細想想也是理所當然。美月是擴張五感中的視覺而看得見無形的東西，並不是擴大遠方物體的影像觀看。

「這樣啊。不，是我強人所難，別在意。」

達也安撫美月之後，面有難色地看向莉娜與艾莉卡。

「安吉．希利鄔斯。」

面具底下似乎亂了分寸，並非達也的錯覺。

「什麼事？」

但對方好像姑且肯交談。聲音改變大概也是「扮裝行列」的效果吧。

「可以不要在封印完成之前下殺手嗎？收拾善後很『麻煩』。」

莉娜發出一時語塞的氣息。她大概是直覺得知，達也並非基於裝壞人的態度宣稱「麻煩」，而是由衷覺得一個人（曾經是）的生死只是「麻煩」的程度——但莉娜的回應依然沒變。

「和我無關。我只負責解決逃兵。」

看來語氣也是刻意改變，但達也覺得聽音調就一清二楚。

他說出口的當然是另一件事。

「是天狼星的任務嗎……所以我就說了，希望妳能等到封印寄生物主體再下手。現在就有一具逃走了。」

「這不包含在我的任務之內。」

莉娜前所未有地固執。和不想聽他人說話的對象交涉，不符合達也的個性。真要說的話，達也是「不想聽就隨便妳，我也用我自己喜歡的做法」這種類型。但現在非得讓莉娜聽他說話。達也克制想嘆氣的心情繼續說服。

「雖說是任務，但妳剛才收拾的對象，看起來是純粹的東北亞人種。他真的是逃兵？」

達也不確定對方並非逃兵。這算是嚇唬或試探之類的說法。但莉娜明顯亂了分寸。看來達也的推測正中紅心。

「……即使不是逃兵，協助脫逃就同罪。」

即使如此，莉娜依然不改固執態度。

「再三強調，寄生物和我無關。我只負責完成我的任務，盡到『天狼星的職責』。」

莉娜扔下這番話，消失在森林裡。

達也克制想聳肩的心情，轉身再度面向艾莉卡。

「天狼星現身了耶。」

艾莉卡劈頭就這麼說。從她的咧嘴一笑就知道，她並未記恨三天前那件事，所以達也同樣也以苦笑回應。

艾莉卡的笑容變成洋洋得意的樣子，接著從臉上消失。

「那是……莉娜吧？可是看起來完全是另一個人。」

她以正經表情詢問。

「明明完全是另一個人，妳為何會這樣認為？」

「因為舉止吧。從手腳動作、搖頭的方式與目光等，就大致看得出來。」

「了不起……」

達也不由得對艾莉卡的觀察力讚嘆不已。「扮裝行列」的偽裝，從臉型到體格等外在特徵統統都會改變，她卻以這種瑣碎的特徵看穿。經年累月磨練、鍛鍊而成的人類技藝，比魔法更加魔幻又不可思議。

但是達也不能老是佩服下去。

「我想妳應該知道，這件事也是祕密。不提這個，我想把剛才對莉娜說的話，也對艾莉卡重新說一次。」

「別下殺手？」

「對。艾莉卡聽過說明吧？只要宿主沒死，寄生物就無法逃離軀體。雖然預先架設妨礙逃走的結界，但是別殺掉就癱瘓行動比較確實。」

達也的要求很合理。艾莉卡也理解這一點。

「抱歉。雖然對不起達也同學，但我做不到。」

然而，艾莉卡她——同樣搖頭回應。

「我自認在下定決心以劍殺人的時候，也下定決心可能會被對方砍殺。所以想到自己被砍殺時的事……就沒辦法刻意手下留情，延長對方的痛苦。」

但她的理由和莉娜大不相同，是出自個人心態，也因而發自內心。

「如果是不下殺手留下一條命就算了，但封印跟殺害沒什麼兩樣吧？既然這樣，即使對方不是人類，我也想給他一個痛快，以免他痛苦太久。」

艾莉卡的表情、眼神沒有好強之意。但她確實表達出某種決心。

「沒辦法了。」

殺害是絕對的掠奪，無論是否先折磨之後再殺掉，達也認為結果同樣是「殺害」。

就算這樣，他也不打算說服艾莉卡。

價值觀因人而異。

某些價值觀不容許他人干預。

「總之，只要我辛苦一點就好。」

達也不認為收拾寄生物是非得觸犯這個禁忌的行為。

◇◇◇

在達也後方追趕的雷歐，在即將抵達雷光與想子光閃耀的戰鬥現場時，突然停下腳步。深雪也幾乎在同一時間停下腳步。這次的停止唐突到擁有機械軀體的琵庫希得在原地踏步煞車。

「西城同學，小心。」

「這是我要說的。」

雷歐的語氣堪稱「輕浮」，雙眼卻謹慎環視兩側。

「看來……不到被包圍的程度，似乎只是讓我們有這種感覺的樣子。右邊沒人，深雪同學，要怎麼做？」

不是透視或紅外線知覺之類的能力。雷歐儘管沒受過這種訓練，依然只以氣息看透對方採取半包圍態勢的小伎倆。

「迎擊吧。」

深雪的回應簡潔易懂。

「……真果斷。」

而且強勢到讓雷歐遲於反應。

「是嗎？但是完全沒必要害怕吧？因為要是我無法應付，哥哥會立刻來幫忙。」

「啊～是是是。」

不過，聽到真相就覺得令人很可愛。

甚至令人不由得微閉雙眼，發出傻眼的聲音。

「不過，過度勞煩哥哥出手，我也過意不去……」

深雪自言自語般繼續說，頭也不回地對琵庫希搭話。

「琵庫希，來我身後。」

「是。」

深雪面向左方樹叢向琵庫希下令。受達也之命服從深雪的琵庫希，隨著必要最底限的回應，移動到深雪吩咐的位置。

深雪左手握著處於預備狀態的行動終端裝置型ＣＡＤ。雷歐即使一直在她身旁，也沒察覺她何時做好準備，因而重新向深雪投以佩服與稱讚的目光。

不過，或許這樣對不起雷歐，但深雪沒注意到他的視線。這就是所謂的「沒放在眼裡」，但是除了達也，這裡任何人將視線投向深雪，深雪應該都不會去意識而無視掉吧。

她的注意力朝向敵方。

深雪手指行雲流水地移動。握著CAD的左手，拇指在力回饋觸控面板上迅速舞動。

她完全沒提出警告。

森林的空氣混入小小的光輝。細小冰粒落在樹幹、樹枝與地面。這是名為細冰或鑽石塵的現象。這裡是二月夜晚的內陸山林。考量到環境條件，無法斷言這是不可能產生的現象。

但是敵我雙方都沒將其誤認是自然現象。

這是瞬間在半徑一百公尺區域創造鑽石塵的魔法。不過並非攻擊用或防禦用的術式。深雪只是將周圍空間置於自己的認知之下，以防不確定是否具備敵意的對方來襲。

只是將事象干涉力薄薄地擴張，改變氣象條件的力量。在之前十月的橫濱事變，摩利稱許深雪的魔法「形容為戰術級也不為過」。

這評價部分正確、部分錯誤。深雪的魔法不是「如此形容也不為過」，真的是戰術級。

對於深雪來說，魔法技術與其說是用來加強效果，更傾向是用來限制魔法影響範圍。

——隨手施展，就將放眼所見的世界染成一片雪白的力量——

這就是深雪的魔法。

雷歐面對這幅光景，由衷感到慌張。

對雷歐來說，打架是用來「好好談」的手段。

如果像橫濱那時一樣，確定對方完全不想跟己方談，就以實力逼對方「知難而退」。

要是對方瞧不起己方而前來找碴，就以拳頭令對方「明白」自己不好惹（商量）。

若朋友遭遇困境，就稍微蠻橫地要求對方「收手」。

這稱作商量或許有點（？）粗暴，但打架始終是交涉的一部分。

不過，深雪的這份力量，不僅有可能輕易除掉對方的主張，甚至除掉對方本身。

與其說是虐待老鼠的貓，更像是踩扁螞蟻的大象。

這樣對方過於令人同情。

違反雷歐的作風。

「深雪同學，這些傢伙由我應付。妳在達也過來之前負責支援。」

堆積一層薄薄冰屑的世界，產生針對某個方向的戰意。

不是敵意，是戰意。不含否定情感的目標意識。

對方是街頭流氓完全比不上的戰鬥專家，即使如此，面對深雪依然是以卵擊石吧。恐怕從一

「是嗎？那就交給你了。」

深雪聽雷歐這麼說，很乾脆地退後一步。

不過，完全包覆森林的寒氣依然未散。

這下子不能退縮了。雷歐鼓足幹勁。

握著大型刀子、身穿野戰服的一群男性們，接連從樹木或矮樹叢後現身。當總數達到十人時就不再增加。

前進方向發出的閃光不知何時消失，再也聽不到打鬥喧囂聲。看來那邊告一段落了。

「甲冑（Panzer）！」

雷歐在內心低語：「達也，快來啊……」高喊展開啟動式的語音指令。

諷刺的是，這一聲成為暗號。

一名士兵無聲無息從正面突擊。

雷歐來不及覺得「好快」，刀子就已經刺來。

雷歐以左手架開。

雷歐與士兵同時感到驚愕。

但是這份心情沒造成停滯。

士兵沒持刀的左手伸向雷歐的臉。

即使彼此距離夠遠，雷歐依然遵照本能的驅使，整個人撲向右方。

一道衝擊波穿過臉部側邊。

鼓膜──正常。平衡器官──輕微受損。

雷歐一邊確認受到的傷害，一邊迅速在地面翻滾起身。其實他還想多爭取一些距離，但對方沒這麼好應付。

一起身，刀子就刺了過來。要是他就那樣倒在地面，大概會被對方從上方壓制而沒命。

雷歐舉手擋下朝著肩關節刺過來的刀尖。看來對方士兵也不打算殺害同國高中生。

刀子施加的「貫通」魔法，和人造皮衣袖施加的「硬化」魔法激烈衝突。

刀尖沒刺入雷歐的皮膚，雷歐的拳頭命中士兵下顎。

豪邁的左勾拳。

以基因操作強化，加上堅持不懈的鍛鍊，產生出超乎常理的威力，造成一拳就將訓練有素的戰士KO的反常狀況。不過，另外九人沒因為這幅離譜光景而啞口無言、停止行動。

刀子間不容髮地從兩側襲擊雷歐。光是一人就有些難以應付，這次是兩人同時。而且左右刀子的長度還不盡相同。

就算是相當高明的劍士，應該也很難化解這種聯手攻擊。雷歐即使具備超常的反射神經與超人的運動細胞，也不是用劍高手。雖說時間不長，但他曾經為了習得薄翼蜻蜓，而在千葉道場累積修行。成果就是，他的刀劍戰鬥力不會輸給一般段位的劍士。但這終究是速成培訓。要是遭遇的刀劍風暴無法只靠名為運動能力的豐沃土壤應付，能做的事情就有限。

雷歐相信自己的魔法，專注應付左方的敵人。

將右側進逼的刀刃封鎖於視野之外。

對方瞄準鎖骨下方的細長直劍，他從下方往上方架開，再揮出充滿彈力的左拳。

近似閃擊的一拳命中對方鼻頭，幾乎在同一時間，右側發出刀刃互擊的清脆聲響。

「──得救了。」

雷歐的閃擊拳只有淺淺命中對方臉部，距離致勝一拳差得遠。

剛才襲擊的兩名士兵，向後跳到攻擊間距之外。

其中一人手無寸鐵。

他剛才手持的刀子掉在雷歐腳邊。

「看來即使是你也陷入苦戰。」

打落對方刀子的是艾莉卡的刀。

「不過就算我沒出手，深雪似乎也會支援。」

雷歐只將視線移向後方一看，深雪回以淺淺一笑。看來要是艾莉卡來不及支援，敵方士兵的手臂就會凍結。

雷歐暗自感到顫慄。

「達也怎麼了？」

他為了消除內心的動搖而改變話題。

「在應付繞到後方的傢伙。」

艾莉卡刻意提高音量回答。

正如她的預料，士兵們之間出現驚慌的氣息。

「深雪，達也同學要妳和他會合。」

「琵庫希怎麼辦？」

在後方貫徹旁觀立場的深雪聽到艾莉卡的轉告，以有些心神不定的聲音回問。

——明明不是笑的時候，想笑的衝動卻湧上艾莉卡的喉頭。

「琵庫希在這裡幫我們。琵庫希，達也同學有給妳指示吧？」

「已確認，主人的，命令，以及，超能力的，使用，許可。」

「就是這麼回事。深雪，這裡交．給．我．們．吧。」

儘管在這種場面，艾莉卡依然非常從容地開玩笑。

「那就拜託了。」

深雪簡短回應之後，頭也不回地跑走。

「啊～……如果我問她知不知道位置，應該是不解風情吧？」

「是啊，畢竟是他們兩人。」

說出這番話的雷歐，臉上也露出和剛才完全不同，無懼一切的表情——但當事人想必一定會拚命否定吧。

「那麼……既然受人之託，就趕快解決吧。」

艾莉卡察覺雷歐的變化，卻刻意沒有指摘，重新握好蛟丸。

「不，到此為止。艾莉卡，收刀。」

就在這個時候，新的演員走上舞台。

艾莉卡倒抽一口氣。

人工森林編織而成的黑暗，出現一個修長的人影。

「修次兄長大人……」

是艾莉卡的二哥——千葉修次。

達也叫深雪回他身邊，並不是因為擔心妹妹。雖然無法斷言完全沒這個要素，但至少達也意識到的理由不是這個。他察覺發生了某種無法以艾莉卡與雷歐的能力應付的事態。而且，應付這個狀況需要深雪的能力。

然後，發生了正如達也推測的事態。

深雪在達也身後倒抽一口氣——因為他前方的這幅慘狀。

達也面前，是三三兩兩倒臥在地面的國防軍士兵。雖然達也他們不知情，但他們是和九島家掛鉤部隊的戰鬥員。十人之中有八人喪命，另外兩人傷重到站不起來。也就是全軍覆沒。

這個戰果不屬於達也。

是正在和莉娜交戰的寄生物使然。

「莉娜，妳退下！」

「多管閒事！」

達也同樣並非只是觀戰。不只如此，他也正在和敵人交戰。

莉娜朝寄生物集團發動突擊。對方一共有六具。計算已經解決的人數，會發現比琵庫希說的數量更多。

如果只有六人又是普通對手，那還有話說。畢竟天狼星可不是浪得虛名，而且「天狼星」的主要任務是「處理」脫逃的魔法師，和魔法師交戰堪稱是得心應手。一般來說，這種程度的人數不可能令「天狼星」難以應付。

但莉娜陷入苦戰。要不是達也持續將襲擊她的魔法分解，她現在或許已經戰敗。

莉娜最大的武器，是發動魔法的速度。

憑藉壓倒性的速度，即使開打時慢對方一步，最後依然能在對方出招之前打倒。這是莉娜擅長的戰鬥風格。她愛用手槍造型武裝演算裝置，也是因為符合自己的風格。

但寄生物正如字面所述，只以意念就能施展魔法。

「想像」的行為，直接連結到魔法的發動。

無須啟動式或其他發動媒介，這方面的特性和「超能力者」相同。

寄生物不只是優點，連缺點都近似超能力者。那就是能使用的能力類型不多。魔物和人類一樣，將意念化為實體的程度有其限制，不過是基於不同的原因。

現代魔法是增加各種變化取得優勢，而發展至今的體系。犧牲超能力的速度為代價，使其具備多樣性與穩定性。至今許多實驗與實作證明這是有益的變化。正因如此，才會維持這個方向開拓到現在。

不過，這樣的益處在於，能以單人或少數人應付各種狀況。若是只要專心應付限定條件的狀況，例如「打倒肉眼所見的敵人」這種案例，速度還是具備重要的意義。

ＣＡＤ正是開發為兼顧速度與多樣性的工具。不過ＣＡＤ也出現「特化型」這種犧牲多樣性，以速度為優先的機種，光看這一點也知道速度優勢多麼重要。

寄生物原本就在速度占優勢，而且剛才是三具，現在是六具。

無法單純判定是兩倍的戰力。

依照蘭徹斯特的第二法則，在可視範圍（可認知領域之內）進行的砲擊、射擊戰，雙方戰力比是兵力數（兵器數、戰力單位數）的平方。假設這個法則也適用於魔法戰，單位時間可發動的魔法次數若是一比三，戰力比就是一比九，相差八；單位時間可發動的魔法次數若是二比六，戰力比就是四比三十六，相差三十二。

攻擊次數會產生這種程度的差距。

達也或莉娜之所以能以寡敵眾，在於他們可以用單位時間發動魔法的次數推翻人數差距。現狀在這方面無法居於優勢，達也與莉娜都不得不以防禦為優先。尤其是達也，光是分解射向自己與莉娜的魔法就完全分身乏術。

之所以找來深雪，是因為預先推測到這個狀況。

「深雪！」

「是，哥哥！」

兩人交談的話語只有這些。

深雪光是聽到達也叫她名字，就完全理解哥哥對她的要求。

高壓的事象干涉力從深雪的身體，正確來說是從深雪身體所在的座標釋放。領域干涉。

不定義事象改變的結果，只讓干涉力在固定領域作用的對抗魔法。

換言之，這是阻止「他人」改變事象的魔法。讓「自己以外」的魔法無效的法術。攻擊各處目標的戰力能夠定量化，蘭徹斯特的第二法則才得以成立。不適用於無法以相同尺度測量的壓倒性平面壓制力。

深雪的領域干涉，在戰場打造出魔法的空白地帶。

達也與莉娜開始精心構築高度緻密的魔法。

他們具備的干涉力，足以對抗深雪的領域干涉。

在深雪的領域干涉之下，就算是這兩人也很難直接對深雪發動攻擊。但如果不是針對深雪，即使次數與速度受到影響而明顯變差，還是可以發動魔法。

然而，寄生物的事象干涉力並未匹敵兩人，更正，並未匹敵達也、深雪與莉娜三人。

達也與莉娜接連發動魔法。

莉娜發動的魔法攻擊六個目標，達也的魔法發動對象共十二個。達也瞄準的，有一半是要分解莉娜試圖殺害寄生物宿主的魔法，但術式解散只來得及解決莉娜所施展魔法式的半數。

結果如下：

三具寄生物被莉娜的魔法命中而喪命。

三具寄生物被達也的魔法貫穿之後自爆。

劍之魔法師。

千葉家獲得的這個別名，源自他們最早確立刀劍與魔法併用的近戰技術。

如果是魔法近戰技術，並不是千葉家的專利。

STARS還沒從海軍陸戰隊分離之前發明的魔法格鬥武術，應該是較早時期的成果。新蘇聯為了對抗USNA，也以俗稱「桑搏」的軍隊格鬥術為基礎，開發格鬥用的魔法技術（但這項技術沒多久就作廢）。印度、波斯聯邦形成的動亂時期，以德里為中心的北部區域，也將名為「拳劍」的傳統短劍改造為現代風格，以這種武器研發近戰魔法劍術。

不過，在日本以外誕生的魔法併用型近戰技術，就目前所知都是輔助槍擊或「以射擊作為攻擊方式的魔法」而開發。主要形態是在近身交戰時發揮匹敵槍擊的攻擊力，或是發揮防止槍擊的防禦力。

相對的，千葉家發展為獨立體系的「劍術」，是以刀劍白刃戰為主的技術體系。對自己施加魔法之後，從槍的攻擊間距拉近到刀劍的攻擊間距，以攻擊力勝過空手或匕首的刀劍，無聲、迅速地擊殺敵人。具備高度偷襲與隱密要素的這種技術，成為日本軍方、警方進行都市游擊戰或反恐作戰時的一大優勢。

劍術本身並非千葉家發明。日本開始研究魔法如何利用在軍事時，幾乎在同一時間，各種領域的魔法師就親自摸索魔法與刀劍併用的點子。千葉家只是將其整理為易於習得的體系。

不過，將各方研究整理為易於傳授的體系，使得「招式」昇華為「技術」。這對於技術普及來說具備劃時代的意義。千葉家的前任當家被譽為「現代的（上泉）信綱」，世人對他的功績表達敬意，稱千葉家為「劍之魔法師」。

以這樣的歷史經過為背景，據說陸軍步兵部隊與警察機動部隊旗下的魔法師，其實七到八成都學習過千葉的劍術。

陸軍第一師游擊步兵小隊，通稱「拔刀隊」。他們是隸屬於九島家派系的集團，同時是使用刀劍與近距離魔法的近戰部隊，在步兵部隊之中，向千葉一門求教的資歷特別久。

千葉家對他們來說是師門。即使不認識未曾出現在公開場合的艾莉卡，也當然認識以「千葉的麒麟兒」聞名的修次。不，不只是認識，這支分隊的指揮官還接受過修次的劍術指導。

因此……

「代理師父……」

他們在修次突然現身之後僵住，是情有可原的反應。

若論軍階，身為正規軍官的分隊指揮官，高於依然在學的修次。

但現在統治現場的，是武家的順位。

修次經過停止動作的他們身旁，站在艾莉卡正對面。

艾莉卡露出畏懼的表情。

但她立刻對修次回以強悍的視線。

即使是虛張聲勢，這舉動對於艾莉卡來說也堪稱是里程碑。對於修次來說更是如此。

艾莉卡居然對修次舉劍相向。

並不是真的以刀尖指著對方。

兩人武器前端都朝向地面。

即使如此，修次與艾莉卡在心情上是以刀尖互抵。

修次早就察覺這個同父異母的妹妹有著依賴他的一面。他認為這也在所難免。

孩子這種生物，沒有堅強到可以不依賴任何人活下去——修次如此認為。他自己就是如此。所以至少自己沒資格逼其他人「不依賴任何人長大」。這是他的想法。

一般來說，孩子有父母。父母是孩子可以無條件依賴的對象。

但以艾莉卡的狀況來說，她不符合這個條件。母親體弱多病，而父親從一開始就不想盡到為人父的職責。

其實修次也討厭自己的父親。他之所以鑽研艾莉卡所說「耍小伎倆的技術」，有一半是為了諷刺父親。不知為何，哥哥與姊姊看見父親放棄身為人父的義務，似乎不會質疑這樣不對勁。不只是不質疑，還覺得父親身為百家之一的當家理應這麼做。

或許修次對這個同父異母的妹妹有所共鳴。所以家族之中只有修次一個人溫柔對待妹妹，偶爾讓她撒嬌、偶爾鼓勵她，容許她依賴自己。

不過修次心想，看來這個妹妹長大成人的時期來臨了。

修次試著釋放劍氣。這是名為「氣衝」的技法，高階魔法師使用這一招，甚至能讓誤認被砍的對方身體出現直線狀的瘀青，或是真的破皮流血。

艾莉卡以自己的劍氣反彈修次的劍氣。不是卸除或架開，是從正面對抗。

修次嘴唇不禁浮現笑容。

他舉起右手。

看見舉起武器的動作時，刀已經朝艾莉卡砍下。

並不是眼睛捕捉不到的速度。

預備動作極端地少，無法認知預備動作與出招動作的界線，以技術達到的「速度」。進攻對方認知死角的虛之劍技。舉手投足都可成為招式的天才之劍。

艾莉卡舉刀接下修次這一砍。

雖然打從一開始就打算點到為止，卻沒有放水。修次的劍技、修次的「速度」，艾莉卡以卓越的反應速度與刀招的「速度」擋下。

掛在修次嘴唇的笑容，如今化為清晰的猙獰笑容。

艾莉卡眼中的緊張神色加深。

她以雙手拚命將修次單手下壓的刀往回推。

壓力唐突地消失了。

艾莉卡沒有剎那延遲就收回身體。

兄妹甚至無須重整態勢，再度對峙。

修次轉身背對她。

出其不意的舉動，使得艾莉卡的架式出現「破綻」。

乘虛而入的一刀沒有來襲。

「修次兄長大人……？」

修次沒有回應疑惑的妹妹，朝拔刀隊釋放劍氣。

拔刀隊傳來慌亂的氣息。

雖然擺出架式，但是就修次所見，他們的反應比艾莉卡遲鈍。

——他們身上沒有樂趣。

修次臉上的笑容消失。

「防衛大學特殊戰技研究系學生，預備役少尉——千葉修次。」

修次將刀高舉於前方，只報上單位與職級姓名（此外，他雖然在學而且才二年級，卻以預備役身分掛階少尉，是考量到他身為魔法師的特例措施，無疑是因為他留下相符的實際成績）。

「下官正在執行護衛任務，護衛對象是成為恐怖分子目標的一般民眾。想請教各位的所屬單位、階級、姓名與目的！」

修次看起來像是翻臉的行動，使得艾莉卡與雷歐轉頭相視。

「若各位是為危害一般民眾而出動，就是反叛民主主義的行為。容下官斷然阻止。」

十師族或百家標榜民主主義行事，就某種意義來說像是詐騙。因為他們比起國民的利益，更追求魔法師的利益。

聽到修次這番話的艾莉卡如此心想，修次自己其實也有這種想法。

不過，修次釋放的氣魄毫無動搖。

他高舉的刀，導致局面轉移為膠著狀態。

修次與拔刀隊的對峙，因為不遠處爆發性地釋放想子波而解除。

『艾莉卡、雷歐，小心！』

『那邊有寄生物的主體！』

通訊機傳出迅速又有點結巴，顯露焦急情緒的聲音。是幹比古與美月的聲音。

這個警告不夠完整。

「修次兄長大人！寄生物主體似乎往這裡接近！」

但艾莉卡正確推理出兩人的意思。

對艾莉卡這番話展現最高度警戒的，是拔刀隊。

仔細想想，修次很可能沒聽過關於寄生物的詳細說明。該如何說明那些傢伙的威脅？艾莉卡迷惘又著急。

上下左右前後，甚至將警戒網擴張到腳底的艾莉卡，此時將注意力移向修次。

對方在這一瞬間發動攻擊，不知道是因為精準逮到破綻，還是巧合。

艾莉卡後方地面突然爆發，噴出沙土的地下蹦出人影。

「土遁？」

如此大喊的是雷歐。不同於廣為人知而屬於常識的技術「五遁之術」，古式魔法流派之一的忍術，代代相傳以「金、木、水、火、土」五行為媒介進行偵查、逃離、偷襲的術式。五行思想源自大陸，在「本家」大陸，代代相傳以五行為媒介的古式魔法術式，種類相當豐富。其多樣性勝過忍術與日本的陰陽術，但因為忍術的「五遁之術」太有名，因此只要是以五行為媒介的魔法，國際傾向於統稱為「金遁」、「木遁」、「水遁」、「火遁」、「土遁」。

總歸來說，從地底偷襲的這個術式不一定是忍術，也很可能是大陸的古式魔法。但現在不是看清這一點的場合，也沒這種時間。

從地底一躍而出的男性，目標對象不是艾莉卡，是另一個方向的琵庫希。

來自地底的襲擊者，高舉如同厚實柴刀的利刃朝琵庫希揮下。

「盾（schild）！」

這時，雷歐衝到琵庫希前方，以左手臂……正確來說是硬化過後的ＣＡＤ護甲部位，擋住男性揮下的柴刀。

『雷歐，那個傢伙是寄生物！』

雷歐聽到幹比古的警告後揮動左手臂，將柴刀連同寄生物擊飛。

沒有直接碰觸對方身體，是源自之前精氣被奪走的痛苦經驗。但即使是雷歐的肌力，光是架開武器無法拉開足夠的距離。

寄生物再度高舉柴刀。

但魔物的腳沒能蹬地。

刀尖從他的胸口貫穿而出。

以蛟丸刺穿寄生物胸口的艾莉卡，露出「糟了」的表情。應該是回想起達也叮嚀她別下殺手吧。艾莉卡當時頂撞達也，但其實似乎相當在意。

對方的襲擊路徑不只是地底。修次目光朝向艾莉卡後方冒出的土柱時，拔刀隊後方有個士兵握著出鞘的刀「跳」出來。

看起來是士兵，其實是錯覺。一名男性身穿混入夜色的深藍服裝，搶走拔刀隊士兵的刀，襲向琵庫希。是利用加重系魔法的跳躍。男性的身體並未描繪拋物線，而是以高於重力加速度的加速度落下。

不過，刀刃並未從上方砍下。這名男性落下途中就被修次踢走。這一記犀利的前方飛踢，不像是劍術家的身手，是令人會想採用為空手道場海報的美麗架式。艾莉卡之前批判修次將時間花費在「耍小伎倆的魔法」，但修次不只是鑽研魔法，也鑽研包括武術在內的各方面技術。

拔刀隊一陣譁然。刀被搶的隊員倒下了。恐怕是遭受這名男性的攻擊。雖然剛才那一腳踢得很紮實，但修次以慎重的腳步走向倒地的男性。這個人是直到偷襲前都沒讓修次發現的高手，再怎麼小心也沒有過度的問題。

這份小心與謹慎立刻得到回報。

修次接近到距離三步時，男性身體突然破裂。修次連忙後跳，卻無法避免被濺到血。

即使是修次，也因為這意外的演變愕然。修次後方的艾莉卡與雷歐也蹙起了眉頭，拔刀隊則是愣在原地。在場所有人都沒察覺到，剛才胸部被貫穿的男性，以及眼前破裂的人體，都有一個包覆著想子的靈子聚合物從體內脫離。

『琵庫希，跟我會合！』

打破眾人束縛的，是達也經由通訊機傳來的嚴厲聲音。

「遵命。」

琵庫希朝著想子波爆發的方位、深雪剛才跑過去的方向、達也所在的位置跑去。

『穗香，輔助琵庫希。』

設定為群組通訊模式的語音通訊元件，再度傳出達也的聲音。

『知道了！』

穗香在第一時間回應。

『艾莉卡與雷歐留在原地別動，也轉告那裡所有人別動。』

「咦……嗯。」

「喔……好。」

艾莉卡與雷歐以還沒完全恢復平常心的聲音回應。

在他們頭上，兩個想子與靈子的聚合物，如同隨風流動的雲朵，追著琵庫希開始移動。

◇◇◇

『穗香，輔助琵庫希。』

「知道了！」

達也從收訊機傳來指示，穗香間不容髮地點頭回應——在回覆之後才察覺就算要輔助，也不曉得究竟該怎麼做。

這很像穗香的個性，後續的應對也很像她的作風。她覺得如果要輔助，總之得先確認對方狀況，因此以光學魔法讓視線通道延伸到琵庫希那裡。

船到橋頭自然直。

歪打正著。

即使有各種說法或解釋，這個選擇也湊巧開啟穗香與琵庫希之間的想子回路。

◇◇◇

被拖來這個世界的寄生物共十二具。

其中的一具，附在人型家事輔助機械——Humanoid Home Helper「3H—P94」，通稱琵庫希的機器人上頭。

兩具在今天的戰鬥封印完成。

在今天的戰鬥，莉娜殺害四具的宿主、艾莉卡殺害一具，五具寄生物的主體得到解放。

剩餘的四具也在今天的戰鬥中自爆，解放主體。

合計九具。這是失去宿主，目前集結於現場的寄生物數量。是曝露主體，被琵庫希吸引集合的妖魔數量。

他們同是從異次元來訪的靈子情報體。

原本是為數十二的單一「意識」。

他們由於曝露主體，試著恢復為單一個體。

九具寄生物已經合體完成。

屬於單一意識卻具備九個意志，不定形的情報體。

如果擁有「看得見」靈子的眼睛，從一根主幹分出九條分枝的這種構造，看起來說不定像是比這個國家最知名的大妖怪，還多一個頭的某大蛇同族。

而且，它試著再度回收自己的一塊碎片。

「大蛇」揚起九個頭，試圖吞噬琵庫希。

琵庫希以「意志」的防壁，承受這股壓力。

這份意志是讓現在的「她」定型，堪稱是她「母親」的人分享給她的東西。是現在也經由想子回路，隨著想子從「母親」那裡注入的東西。

這份意志，使她認為自己不是「它」的一部分。

這份意志，使她認為自己並非只屬於自己。

這份意志，使她認為自己歸「他」所有。

一般來說，單一個人衍生的意志，不可能對抗「它」。

但琵庫希的「母親」並不平凡。

她是「元素家系」的後裔。「光」元素血統的繼承者。

元素家系是這個國家開發含數家系前，首先試圖製造的魔法師。當時四大系統八大類的分類與系統化尚未確立，是認定基於傳統屬性「地、水、火、風、光、雷」的研究依然有效的時期。元素家系的開發也是依照這種概念進行。

不過，確立四大系統八大類的體系之後，基於傳統屬性的魔法師開發被認定沒有效率，元素家系開發計畫因而中止。

如果只是如此，在魔法師開發並未公開的歷史之中，這堪稱是常見的插曲。但以元素家系的狀況，除了魔法才能之外，還有另一個先天賦予——試圖賦予的東西。

魔法師開發研究的最初期。掌權者對魔法的恐懼強烈到近乎迷信的時代。

決定開發元素家系的掌權者們，要求製造出來的「魔法師」或「魔女」保證不會造反，命令科學家在基因植入絕對服從主人的因子。

性格會遺傳嗎？

這是至今依然沒有答案，令遺傳學家與心理學家傷透腦筋的主題。

即使是同卵雙胞胎，也會培育出完全不同的性格。將這個事實擺在眼前，就很想跳到「性格不會遺傳」這個結論。

但是另一方面，要是看親子、祖孫、曾祖孫這種縱向血緣，就確實無法否認看得出相似的傾向，無法以「環境使然」的說法解釋。

基因工學家依照掌權者賦予的課題，盡可能進行相關處置。

這麼做的結果（還無法斷定是否可以如此斷言）使得「元素家系的後裔」有很高的機率呈現某種性向。

就是依賴性。

會徹底依賴某個特定的人，對象大多是異性。觀測到這個共通傾向的機率很高。

他們元素家系的後裔，覺得這是植入基因的己身宿命。

或許是使用這種藉口，容許自己依賴他人。

但他們的「依賴」，並非世間一般所見的「軟弱」情感。

也有學者主張要以另一個更貼切的詞形容他們的「依賴心」。

就是「忠誠心」。

堅信「自己專屬於他」的意志。

這份意志，堅定得足以對抗合體產生相乘效果的妖魔意志。

◇◇◇

達也和寄生物交戰的地點，以及艾莉卡和修次對峙的地點。

琵庫希對抗「它」、承受對方攻擊的地點，剛好位於兩處中央。

達也來到此處，看見揚起頭接連試圖吞噬琵庫希的九頭龍身影。

他不曉得靈子情報體的構造，卻知道對方「位於」那裡。可以「看見」對方的存在。

九個靈子情報體在根部結合為一，以分歧為九個的介面試圖接收琵庫希。這個狀態和達也內心想像的九頭龍一致。

「那是什麼？」

不知為何跟著達也前來的莉娜發出驚呼。

「妳看得到？」

「並不是看得到……卻大致明白狀況。一股巨大的『力量』壓在那具人偶身上。達也，那究竟是什麼？」

「是妳不聽哥哥的話造成的結果。」

回應莉娜的不是達也，是深雪。沒有情感又冷到冰點以下的聲音，使得莉娜即使有所反彈，還是先保持沉默。

「哥哥明明吩咐妳別殺害，妳卻不顧一切亂殺寄生物的宿主，導致主體恢復自由而作亂。莉娜，妳打算如何收拾這個爛攤子？」

不過，莉娜這次終究不能沉默。

「爛攤子是什麼意思！我只是履行自己的任務！」

「既然這樣，最後的善後工作也由妳自己處理吧。連哥哥都不得不採取消極的封印手段，妳做得到嗎？」

上次在這座野外演習場交戰之後，這兩名美少女之間總是洋溢劍拔弩張的氣氛。

而且深雪還以這番話挑釁。

「做就做！我做給妳看！」

莉娜以毫不客氣的高傲態度接下了這個難題。

「喂，莉娜。」

無論如何非得阻止。沒確定對抗方式就貿然突擊，實在過於魯莽。

達也如此心想，搭話試圖安撫。

「少囉唆！你閉嘴！」

但他找不到施力點。

「我非得讓這項任務成功不可！不然我為什麼要待在這種地方？」

莉娜的怒氣並非只針對達也一人。達也聽到她的吶喊之後也得知這一點。

「這種地方」的意思，並不是單單指場所。反倒是指她在目前的狀況與立場，不是以「安潔莉娜・希爾茲」的身分，而是以「安吉・希利鄔斯」位於此處。

不知道是什麼時候，莉娜的頭髮恢復為金色、眼睛恢復為藍色。暴露在深雪的領域干涉也沒解除的「扮裝行列」如今解除。

她獻出「安潔莉娜・希爾茲」的一切，試圖盡到「安吉・希利鄔斯」的職責，讓自己處於

「天狼星」的身分。

達也隱約看見她背負的重擔，猶豫是否該繼續說下去。

莉娜趁機施放自己擁有的所有魔法。

許多魔法接連射出，無功而返。

這也是理所當然。

因為莉娜的魔法是用來改變物理事象，她沒有作用於精神體的魔法。

它的注意力移向莉娜。

達也「看見」九個頭轉向莉娜。

魔法風暴突然襲擊而來。

達也非得用盡全力擊落。

在第一高中和化為情報體的寄生物戰鬥時，只要應付附身在單一人類的單一個體。

光是這樣就費力到那種程度。

這次是九人份。

這樣無暇練氣發勁。

不對，不只如此，達也現在並非獨自承受「它」的猛攻。他身後的深雪，以「它」所在的區域為中心，持續設下球狀的領域干涉力場。然而，深雪即使具備感應靈子情報體的「觸覺」，卻沒有俯瞰局勢的「視覺」。因此設定領域時，再怎麼樣都會產生偏差。就算這麼說，要是深雪設下覆蓋全場的力場，會連同達也的術式解散一起干擾。

在雙方勉強勢均力敵的這個狀況，進行任何可能削弱己方戰力的行為都是高風險。

背後傳來緊捏外套的觸感。深雪應該也感到不安吧。

即使知道失去宿主的寄生物會因為「消耗」魔法而逐漸失去力量，也不曉得究竟該撐多久。

這種狀況確實耗損著精神力。

這樣下去，或許深雪或莉娜會比「它」先耗盡精力。

莉娜由於剛才的亂來，已經只能躲在情報強化的外殼裡專注防守。

己方無法進行有效的攻擊，果然過於不利。

干涉物理事象的魔法不管用。

物理攻擊不在考慮範圍。

說到可能性，就是作用於精神的魔法——

（——只有這個方法可行。）

達也咬緊牙關，下定決心放手一搏。

「幹比古，你看得到這邊的狀況嗎？」

『我知道。我正在緊急建構封魔陣，所以再等一下。』

從語音通訊元件傳來的聲音，比達也還要著急。

「那個封魔陣能壓制這東西的可能性有多少？」

幹比古的回應，是短暫的沉默。

『……老實說，我覺得不到五成。』

接著是透露苦惱的坦白。

達也即使聽到這個回應，也不認為幹比古力量不足。像這樣直接對峙的達也，應該更清楚對方沒這麼好應付。

「幹比古，只要短暫有效就好，能不能壓制這傢伙十秒？」

達也首度提出的懇求，不只是幹比古，聆聽這段通訊的所有人都倒抽一口氣。

沒有任何保證，只拜託幹比古「這麼做」。（基於負面意義）堪稱坐享其成。

不過，信任對方才能如此拜託。

『……我知道了。』

至少幹比古如此感覺。

『我會不擇手段壓制那個東西十秒。等等我來倒數，達也照自己的想法去做吧。』

達也有某個計策，為此需要十秒的時間。

為了確保這十秒，需要自己的力量。

達也表達的信賴鼓舞幹比古。

『達也同學，我也會幫忙！』

穗香堅定的聲音，緊接在幹比古這番話後面。

不是在競爭，只是一心想成為助力。

「我知道了。那麼幹比古，麻煩倒數。」

『ＯＫ……三，二，一，開始！』

幹比古在自己大喊的同時，使出反妖魔術式——迦樓羅炎。

它——化身為九頭龍的寄生物統合體，被「炎」的獨立情報體蜿蜒纏繞。這副樣子，就彷彿像是龍與蛇互相吞噬。

下方的琵庫希加強力量，試圖以意念推回「它」。琵庫希擁有的想子，以等同於消耗的速度得到補充。看來穗香完全掌握到提供琵庫希想子的訣竅了。

達也當然並非坐視這一幕。

達也在幹比古倒數結束的同時，將沒握ＣＡＤ的左手伸到身後。

達也伸出左手。

摟住深雪的腰。

強行拉她入懷。

「——！」

響起無聲的尖叫。不對，這或許是喜悅的呼喊。

這一瞬間，深雪的領域干涉與達也的術式解散都中斷，但幹比古與穗香依照剛才和達也的承諾，壓制著「它」。

被達也抱入懷的深雪，以驚愕到失去表情的臉，仰望達也。

妹妹踮腳從極近距離仰望自己。達也的臉繼續接近她的臉。

額頭與額頭相貼。

視線與視線交融。

鼻頭與鼻頭相觸，嘴唇與嘴唇也幾乎相觸。

「深雪，『看』！」

達也有力地朝深雪低語。

看不見的光，從達也注入深雪。

看不見的光，從深雪注入達也。

兩人的光，在彼此之間循環。

「哥哥，『看見了』！」

或許這不是嘴唇編織，而是以內心訴說的話語。

兩人的溝通只在一瞬間。

爭取到的十秒時間，還剩一半。

達也的左手，將深雪的頭摟進自己胸口。

深雪的雙手，輕輕放在達也的胸口。

達也的右手，指著「它」。

深雪的意識，映出「它」的身影。

達也擁有「觀看」情報體的力量。

深雪透過達也的「眼睛」看見它。

封印解除之後，使出天生擁有的魔法。

系統外精神干涉魔法——「悲嘆冥河」。

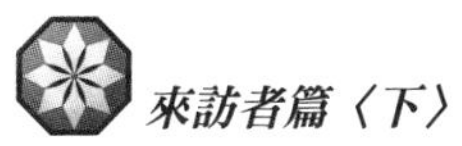

凍結精神的魔法。

深雪這直接對精神產生作用的魔法，凍結了靈子情報體——

——沒有容器的「它」，粉碎消散在虛空。

沒有感官能視認妖魔主體的莉娜，也感覺得到它毀滅的樣子。「情報」的聚合物在停止——凍結之後粉碎。既然成為魔法師的條件是可以操作位於情報體次元的想子情報體，那麼身為最高階魔法師的「天狼星」，不可能沒察覺隨著寄生物主體毀滅而噴發的大量想子。

「Lunar Magic（月之魔法）……？」

而且就算自己無法使用干涉精神的魔法，以莉娜的魔法感受性，也可以從引發的結果推測使用了什麼魔法。

月之魔法指的是英語圈魔法師的精神干涉系統魔法中，尤其用來攻擊精神、對精神造成直接傷害的魔法，源自系統外魔法之中最有名的魔法之一——精神攻擊魔法「Luna Strike」。

在精神干涉系的系統外魔法之中，Luna Strike是罕見將程序公式化的魔法，STARS「一等星」級都會學習Luna Strike的術式，藉以習得如何應付使用這種魔法的魔法師。

莉娜當然也數度目睹Luna Strike，基於這個經驗，即使她無法理解首度看見的悲嘆冥河箇中機制，依然能正確推測這是對精神造成直接又致命打擊的魔法。

而且，也知道是深雪使出這個魔法。

「能使用這麼強力的Lunar Magic……深雪，妳……不對，你們兄妹究竟……」

莉娜癱坐在地面，愕然低語。

要是在決鬥時動用這個魔法……這個想法沒有在她的意識裡明確成形。驚嚇過度的情緒依然占據她的內心。

其實，深雪此時也處於類似的狀態。

她半身沉浸在忘我之淵，依偎在達也胸口。應該是因為久違地絞盡全力使用魔法，加上首度目睹達也視野的龐大情報量而暈眩。

氣氛險惡的兩人心智失常（？）的狀態是最佳機會。達也取下耳朵的通訊機關機。

「莉娜，剛才看到的光景，不准對外透露。」

俯視的視線、低八度的聲音、高壓的語氣。

「什……什麼嘛，突然這樣……」

如果是平常的她，這種高壓的說法應該會造成反效果。但是正如達也的預料，莉娜現在不是平常的她。

暴露在沉重的壓力之下，緊繃的緊張情緒承受過度的負擔時，當前的目標突然消失，因而陷入一種虛脫狀態。這是最適合「說服」的狀態。

「相對的，關於安吉・希利鄔斯的真實身分，我發誓會三緘其口。本誓言不只適用於我與深雪，也適用於這邊和今天這件事相關的所有人。」

莉娜遲遲沒回應。

藍色的眼眸直盯著達也俯視的雙眼。達也看出她逐漸恢復思考能力。

義務感。

猜疑心。

保身。

自我辯護。

各種思維掠過了莉娜雙眼，試圖在她心中（基於心理學層面）合理化。達也沒有精神分析的造詣，也沒有精神感應的技能，所以並不是很明確地理解，卻基於直覺知道，莉娜試圖讓自己接受這件事。

莉娜的內心糾葛沒有持續太久。

「……我沒有權力拒絕吧？」

「沒那回事。」

達也否定莉娜隱含死心念頭的話語，卻沒說她拒絕的話會如何。

猜疑將會孕育出不安。並未說出口的話語，應該說「並未說出口」的這個行為，推了莉娜最後一把。

「好啊……既然你願意保密，對我也不是壞事。我不會說出達也與深雪的事……反正應該不會有人理會。」

最後一句話只在嘴裡低語，所以達也聽不見。他也沒有回問。

他橫向抱起深雪雙腳依然使不上力的身體。妹妹突然回神在懷裡掙扎。「安分點。」達也如此命令之後背對莉娜。

只是背對，沒有踏出腳步。

就在莉娜覺得奇怪，正要對達也開口時……

「莉娜。」

達也反而先叫莉娜。

「還有什麼事？」

這句話光看字面可以解釋成莉娜不耐煩，但她的聲音沒有字面那麼不悅。

直到剛才那股陷入絕境的氣氛，如同祓除心魔般消失。

「如果莉娜想從STARS退役……」

「啊？」

「如果妳想辭職不當軍人，我想我幫得上忙。不，我自己沒什麼力量，但我知道幾個熟人應該能提供助力。」

「達也？你在說什麼？」

莉娜無法回應「多管閒事」而生氣，也無法回應「說什麼傻話」一笑置之。

「我並不想離開STARS……不想辭去『天狼星』的職務。」

只是詫異地如此回應。

「這樣啊。」

達也沒有回頭，以簡短的話語回應她，踏出腳步。

「達也，等一下！為什麼要問這種事？」

莉娜大聲叫住達也，但達也到最後都沒有回頭。

「我剛才胡言亂語了，抱歉。」

他只留下這句話就遠離。

雖然是理所當然，但隨侍達也的機械人偶也沒看莉娜一眼。

只有被達也抱著的深雪，隔著哥哥的肩膀朝莉娜投以關心的眼神。

◇　◇　◇

達也的身影消失在夜晚樹蔭的黑暗之後，莉娜驟然回神。

他察覺自己動也不動地注視達也的背影，連忙從地面起身。

自己的雙眼為何追著達也的背影……腦中浮現這個質疑的莉娜用力搖頭。

（是因為達也說那種奇怪的話。一定是這樣。）

直到注意到這件事，真的都只是以目光追著他的背影。

自覺己身行動的下一瞬間，感覺心跳加速、臉頰發熱。

其實這只是被自己的思緒拖著走造成的「誤會」，但莉娜陷入某種作繭自縛的情緒，不可能以客觀角度冷靜分析這樣的自己。現在的她囚禁於類似吊橋效應的心理狀態。

莉娜為了從並未存在的「愛慕之意」轉移注意力，試著隨便找別的事情思考。結果思緒自然被剛才的疑問吸引。

達也那個無法理解的提議。

他為什麼要講那種話？莉娜再度歪過腦袋。

因為自己處分被魔物入侵的同胞時，表情與身影看起來很難受嗎？

若是如此，莉娜認為這是天大的誤解。

朝「自家人」舉槍，確實心痛。

（……不過，比起成為魔物活下去，不如讓他們安息。）

莉娜覺得這樣比較慈悲，相信這樣會成為當事人的救贖。

因為她學習到人類靈魂的尊嚴，就是如此尊貴的東西。

——這確實是難受的工作，卻是一定要有人擔負的職責。

——我不打算逃離這個崗位。

——既然擁有強大魔法力的魔法師墜入魔道，討伐他們的工作就應該交給最強的魔法師天狼星，換句話說，只有我做得到……

（……只有我？）

不過，莉娜的思緒在意外的地方碰壁。

除掉失去理性的魔法師，避免出現新的犧牲者。這個任務，確實是最適合由她這個最強的魔法師執行。

莉娜對此深信不疑——以往是如此。

如今，她知道並非絕對如此。

即使她沒做，那兩人也會幫忙做。

她不用留下難過的回憶，無須被殺害同胞的罪惡感苛責，國籍不同的那兩人也會——

（原來如此……所以我才會迷惘、慌張。）

這一個月左右一直停留在腦中的陰霾，似乎突然散去。

即使我沒做，也會有人幫忙做。

對於莉娜來說，這是出乎意料的發現。

原本以為已經既定、已經無法改變的未來，其實是可以選擇的。莉娜明白了這一點。一直認定只有一條路可以走，眼前卻突然出現叉路——真要舉例的話，就是這種期待與不安。

莉娜明明總算剛擺脫一個迷惘，意識卻完全混亂。

◇◇◇

達也前往的地方，是成功封印的兩具寄生物倒地處。不過已經有客人先抵達該處。

兩個集團正在對峙。

一邊是黑衣集團，由臉上刻著歲月痕跡的深深皺紋，姿勢卻依然筆挺的老人所率領。

另一邊同樣是黑衣集團，由身穿奢華黑色連身裙的嬌憐少女所率領。

雖說是對峙，卻並非抱持敵意互瞪。至少少女率領的集團，沒對老人率領的集團展現敵意。

恐怕是因為主宰這個集團的少女，並未對老人抱持敵對意識。

少女看向老人的眼神，反倒是懷著敬意——至少外在的表現是如此。

「九島閣下，很榮幸見到您。」

少女走到老人面前，以看起來優雅的動作屈膝致意。但是雖然優雅，卻沒有賢淑的印象。她眼中蘊含的光芒過於強烈，不足以評定為賢淑。

「小女子是黑羽亞夜子。在四葉忝居末座，擔任當家真夜的使者。」

亞夜子抬頭露出甜美的微笑。

挑釁又吸引人的妖豔笑容。

但對方畢竟是九島烈，並不為所動。

「是四葉女士的代理啊。難怪年紀輕輕卻如此能幹。看來妳知道我是誰。還是說我應該做個自我介紹？」

九島在熟人（並非交情好的意思）面前是使用「真夜」這個稱呼，但在公開場合，對方是同列、對等的十師族當家。「四葉女士」這個稱呼方式，是表明他在此時此地，將年齡如同孫女的亞夜子視為對等的「敵對者」。

「不，小女子不會提出這個惶恐的要求。」

九島眼中蘊含和意圖相符的目光。但是，亞夜子面對這樣的目光，並未改變自己嬌憐又無懼一切的態度。

「話說閣下，畢竟時間不太充裕，想和您打個商量。」

這樣的態度可以評為性急，但九島老者並未明顯表露不悅情緒。雖然他覺得不到沒時間的程度，但同樣想盡早完成工作。

「說來聽聽。」

「謝謝您。」

老人大方點頭，亞夜子再度以裝模作樣的動作鞠躬，接著筆直仰望老人的雙眼。

「恕小女子冒昧，小女子明白閣下想將這裡受到封印，名為寄生物的魔物帶走。但說實話，當家吩咐小女子的任務，也是將封印完成的寄生物帶走。」

「喔……」

九島眼中的目光更加強烈又犀利。

正面承受這道目光的亞夜子，雖然臉上微微露出了畏縮的樣子，但她的表情立刻被倔強的笑容給塗滿。

「——幸好在場封印的容器有兩個。不如閣下與小女子各帶走一個，您意下如何？」

亞夜子維持強勢的笑容，正面承受老人的目光等待回應。

九島突然笑了。

愉快地笑出聲音。

「哎呀哎呀……了不起。記得妳應該還是國中生才對。」

亞夜子沒將自己的年齡告訴九島。九島這番話的言外之意，是他在亞夜子自我介紹之前，就已經調查亞夜子的底細了。

但這次亞夜子沒表現出亂了分寸的樣子。包含自己在內，九島烈將四葉家的棋子調查得一清二楚也沒什麼好奇怪。她有這種程度的心理準備。

既然知道九島烈會來到這裡，對方不知道這種程度的事反而不可思議又不自然。

「好吧。這次就維持友好關係，彼此各帶走一個吧。」

「閣下，謝謝您。」

亞夜子表情沒變，在內心鬆了口氣。

亞夜子沒有高估自己的魔法力。她不像達也只能使用特定的魔法，卻也不像深雪是萬能型，反倒是擅長與不擅長的領域劃分得很清楚的魔法師。而且她不太擅長近距離直接戰鬥的魔法。要是和曾經被稱為「世界最巧」的魔法師正面交鋒，她不認為自己有勝算。

地上的獵物有兩個。亞夜子為這個巧合獻上無言的感謝。

然後——

（達也哥哥，託您的福，看來我可以順利達成任務。）

事實上，達也並未答應協助，更何況亞夜子甚至並沒有提出協助的要求，但亞夜子依然趁機在心中低語。

◇◇◇

深雪在達也懷裡繃緊身體，縮了起來。

無論她再怎麼懇求，達也只有今天不打算從懷裡放開妹妹。深雪並不是特別嬌小的女性，體重也不輕。即使達也受過再多鍛鍊，一直抱著她應該會覺得重。但達也抱著深雪身體的手臂抖都不抖，甚至非常用心地抱著她，即使山林地面劇烈起伏，也沒讓深雪感覺晃動。

若是從平常的言行舉止，深雪主動積極追求親密互動或許比較自然。但深雪甚至沒摟住達也的脖子，只將雙手放在自己胸前緊握，忍受著羞恥的情緒。

沉默好難受。

不是難過，是胸口不舒服。

這樣下去似乎會停止呼吸，心臟似乎會破裂——從外人看來，應該會傻眼地覺得「太誇張了」，但深雪本人相當不知所措，以發熱的大腦拚命尋找話題。

「哥哥，莉娜她……」

最後找到的主題是這個。

達也在意莉娜的程度非比尋常。至少超越對普通朋友的關心。

深雪知道這一點，所以老實說，她不太想在哥哥面前提到莉娜的話題。

但她現在立刻想得到的話題只有這個。

「嗯？」

「莉娜她……會好好接受哥哥的說法嗎？」

何況莉娜現在也很在意深雪。

「不知道。我不可能知道。因為我不是她。」

達也的語氣之所以隱約透露莫名自嘲的感覺，大概是覺得自己多管閒事吧。

深雪當然知道哥哥那番話不是單純的多管閒事。即使就深雪看來，善良又直性子的莉娜也不適合從軍。或許這不是深雪該掛念的事，但看見莉娜就非常為她擔憂。

「莉娜有她的難言之隱吧。無法隨心所欲駕馭自己，並不是只限她會有的煩惱。」

「即使如此，哥哥還是向她伸出援手吧……？為什麼？」

「『為什麼』的意思是？」

深雪自覺話題突然朝向沒預料到的方向，也知道要打住話題只能趁現在。

但深雪沒打住話題。

「哥哥……為什麼想幫莉娜？因為對莉娜……抱持特別的情感？」

達也聽到妹妹這番話瞪大雙眼，不過真的只是一瞬間的反應。

「看來妳在各方面有所誤會……」

達也洋溢著苦笑般的氣息，但是表情非常正經。看起來至少想誠實回答妹妹的疑問。

「深雪剛剛說我只對莉娜這樣，不過我是第一次和莉娜這種立場的人交流。因為至今接觸到的軍人盡是比我年長，選擇從軍為職業的人們。」

他逐一、仔細地解除誤會。

「我對莉娜抱持的情感不是妳想的那種。直截了當來說，我只是認為莉娜離開STARS，將來行事會比較方便。可以的話希望她不只脫離軍方，還搬到這裡住，最好歸化日本。」

從達也這番話感覺不到虛假。兩人正在像這樣零距離感受著彼此。若是哥哥的話語有半點虛假，深雪有自信看穿。

「當然，我也不是不同情她。基於某種意義而言，我和莉娜很像。或許應該形容為我們是同類比較恰當吧。」

達也的雙眼看著遠方。

「我與莉娜都是被迫處於『現在的立場』，實質上沒有別的選擇。我能成為一高的學生，也可說是我硬搶到手的『選擇』，但我覺得莉娜大概連這種瑣碎的選項都沒有。」

雖然眼神依然落在深雪身上，焦點卻落在更遠的地方。

「我遲早會創造沒被賦予的選項並且選取。會拋下被分配的『工作』，離開被賦予的舞台。如果莉娜抱持相同的期望，我想基於同類的情誼提供助力，不過……」

達也欲言又止，將視線焦點移回深雪，露出尷尬的笑容。

「看來，似乎是我……多管閒事了？」

達也語氣停頓是有原因的。

至今縮在懷裡的深雪摟住他的脖子，以近乎窒息的力氣緊抱。

達也不由得放開抱著妹妹的手。

就算這麼說，也並非放手讓深雪落下，而是輕輕讓深雪從雙腳著地，這大概是植入身體的下意識動作吧。

深雪即使雙腳著地，也沒放開摟住達也脖子的手。

「這不是什麼多管閒事……哥哥的這份關懷總有一天……不對，在不久的將來，一定就會傳達到莉娜的心中。」

達也感覺妹妹在懷裡編織的話語，直接滲入自己的胸口。

「因為，莉娜經過這次的事件，肯定對『現在的自己』抱持了『質疑』。莉娜雖然有點單純，卻是聰明的孩子。和哥哥如此深入來往之後，不可能沒抱持任何疑問。」

「居然說她單純，真過分。」

深雪抬起頭，達也將雙手移到她的肩膀。

兄妹彼此相視而輕聲一笑，和樂融融地並肩踏出腳步。

——不知道該說身為機械卻如此，還是身為機械所以如此，至今察言觀色（？）而正如字面所述化為擺飾的琵庫希，默默跟在兩人身後。

◇　◇　◇

即使是兄妹倆的溫馨氣氛，看到這一幕也不得不改變。

最初封印寄生物的場所已經空無一人。封印的兩具寄生物被某人帶走。

『達也同學，對不起……我自認沒移開目光，可是……』

『……達也同學，很抱歉。』

『達也，請你別責備柴田與光井同學。我保證並不是因為她們兩人鬆懈。我也沒察覺完成封印的「容器」被帶走。明明是我的封印……』

「三位都別這麼自責。我完全不在意。」

通訊機傳來消沉至極的聲音、沉浸於自我厭惡的聲音，以及不甘心得咬牙切齒般的聲音。達也努力以開朗的聲音回應。

『達也同學……』

回應的聲音聽起來似乎很感激，應該是誤會吧。達也的態度並非為對方著想的演技，而是真的不太在意。

……但還是感到相當傻眼。

「雖然被別人坐收漁翁之利，但只代表這次對方技高一籌罷了。畢竟原本就沒深入思考抓到之後怎麼處置，也不應該一直執著下去。」

正如達也所說，關於「抓到之後怎麼處置」，他們沒有訂立具體的計畫。只有漠然心想「交給幹比古他家處理就好」，完全沒想過封印的寄生物可以如何利用。

基於這層意義，感覺被那些人帶走較能有效活用。畢竟如果是他們，應該不會犯下不小心讓寄生物逃走的愚蠢行徑。

（不過……總之，應該是早有計畫吧？）

「哥哥？」

深雪關心地詢問，大概是誤會達也沉默的理由吧。達也搖手示意沒事。

深雪從達也的樣子，理解到哥哥對於犯人是誰已經有個頭緒。她覺得，應該是使用回溯情報的能力查出了犯人吧。

——達也確實也有使用「視力」，因而大致掌握到這裡發生過什麼事。

但是在這之前，「犯人」之一就預先留訊息給達也。他感到無力主要是這個原因。

一陣風吹過，捲起還沒回歸為土壤，依然殘留原形的枯葉。

達也雙眼的高超夜視力，捕捉到其中混入八成是烏鴉的黑色羽毛。

達也和艾莉卡與雷歐的搭檔會合時，修次與拔刀隊都已經撤退。

他們互相慰勞，沒有互相追問發生什麼事就踏上歸途。

琵庫希就這樣放在學校機庫。

為了進入校內，非得多花力氣先翻越圍欄一次再重新走正門，但艾莉卡與雷歐都沒因為嫌麻煩而先回家。

和幹比古等人會合的四人成為七人組，一群人離開學校。

時間這麼晚又這麼多人，在走出校門的時候，守衛還是有所懷疑。不過他們說出預先準備好的藉口，表示有個儀式魔法的實驗非得在這個時間進行，加上女性們耀眼笑容的威能，因此沒被深入質詢就成功脫離。

就這樣，漫長的一夜宣告結束。

此時的達也還無從得知，今晚的事件將為人、魔、魔物在人類世界的暗處爭鬥的歷史，揭開新的局面。

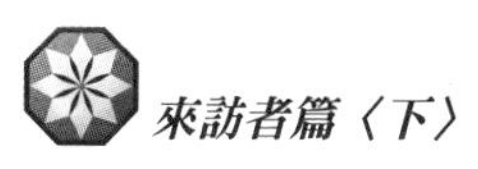

〔終章〕

隨風傳來快樂的喧鬧聲。第一高中校內充滿喜悅的聲音。

豎起耳朵聽得見其中摻雜啜泣聲，但絕對不是因為發生不幸的事件。

相對的，咖啡廳門可羅雀。零星人影只要十根手指就數得完。

現在並不是上課時間，這裡的學生並非蹺課。

今天是畢業典禮。

達也拿起不是紙杯而是陶瓷杯的咖啡喝了一口之後，沒將杯子放回碟子上，而是直接放在桌面（打從一開始就沒附碟子）。

然後，他看向魔法師很少使用的多功能手錶。

現在這個時間，典禮本身已經結束。

達也推測那些聲音，應該來自結束典禮來到操場的畢業生們。

接下來將以兩座小體育館舉辦宴會。連這種時候也區分一科生與二科生，有種討厭的感覺，但是對於當事人來說，這樣也比較輕鬆，應該是好事。

正確的做法不見得總是最好的做法。畢竟二科生和一科生在一起應該會莫名畏縮，一科生或許也會在意二科生（主要是考上魔法大學的升學率）而無法盡情嬉鬧。兩個會場的餐點飲料與其他方面都沒差別，因此達也也認為這不是需要計較正確性的場面。

只不過，確實有人因為會場分開而花費無謂的勞力。負責設置會場的業者，或是提供料理的學校餐廳員工，因為會場分為兩處而得到追加的報酬，所以不能說這是「無謂」的勞力。但像是主辦畢業宴會的學生會，就是會率先列舉為被迫花費無謂勞力的人。

各位應該明白了。

達也正在等待深雪。她為了畢業宴會當天的運作而忙得不可開交。

為了避免造成誤會，所以在此補充說明。達也也有詢問是否要幫忙籌備與執行的工作，而且詢問很多次。

像是梓就明顯希望他幫忙。

但深雪堅決拒絕達也協助。

『不能因為這種事勞煩哥哥！』

深雪以毫不讓步的氣勢這麼說，梓也只能垂頭喪氣地打消念頭。

總之，即使除去妹妹的過度貼心（？），對於許多一科生以及不少二科生來說，達也的立場複雜又微妙。

他具備的能力與實績，令人質疑一科生與二科生至今的區隔。

對於三年級來說，這是最後一年突然投入的風波種子。別多管閒事應該是正確做法。

只不過，最終決議達也不要幫忙今天的宴會，他不經意說出「這樣就好」時，湊巧（？）在場的真由美不知為何火冒三丈。

真由美順利考上魔法大學。從她的實力與實績令人覺得理所當然，不過從那晚之後突然不再出現「吸血鬼」的犧牲者，使她不用無謂操心，得以專注準備考試，一定造成了正面影響。

今年四月起，她將和同樣順利考上的鈴音與克人一起在魔法大學求學。

摩利並未報考魔法大學。她將要就讀防衛大學。理由無須多說。不過真由美似乎也是直到最後一刻才知道這件事的樣子。真由美不斷對摩利說風涼話（應該是暗自感到孤單）的場面，達也也目睹過一次。

魔法大學和防衛大學距離不遠，兩人想見面隨時可以，不過以為會就讀同一所大學的手帕交（她們或許不願意被這樣形容，但是對旁人來說，兩人的關係無須多提）卻就讀其他學校，內心果然無法平靜吧。

說到就讀防衛大學——

「司波。」

達也思考到這裡時，有人叫他。

「小早川學姊，宴會已經開始了吧？」

對方正是他腦中浮現的當事人。

「嗯，是沒錯，但我聽摩利說你在這裡。」

在九校戰發生意外的小早川，即使努力復健，最後沒能恢復魔法技能。雖然魔法感受性沒受損，卻沒能除去自己對於使用魔法、「能使用魔法」的猜疑心。

聽說小早川早在十月就決心退學。

不過無論要轉學到文科或理科高中，剩下的半年明顯不夠用來準備升學。她打算轉學並且重考一年，尋找新的出路。

「找我有事？」

「嗯，那個……該怎麼說呢……面對面果然難以啟齒……沒有啦……簡單來說，我想……向你道謝。」

小早川難為情地臉紅，達也頗為認真地歪過腦袋。

「但我沒做什麼該讓小早川學姊道謝的事……」

「沒那種事！」

小早川提高嗓門的聲音，在人少的咖啡廳響亮迴盪。當事人似乎也沒想到這麼大聲，縮起脖子以更加臉紅的樣子繼續低語。

「即使無法使用魔法，也有其他出路可以活用與魔法相關的知識與感受性——這是你提出的建議吧？」

達也瞬間差點蹙眉，但考量到小早川的心情，所以避免擺出壞臉色。

「渡邊學姊說出來了嗎……」

即使如此，還是無法隱藏傻眼的語氣。

「別這麼說。是我硬是向摩利打聽的。」

「但我請渡邊學姊當成是她自己的意見……」

包括摩利與真由美，獲選為九校戰代表的所有三年級女生，都為小早川的事傷透腦筋。尤其是同樣發生意外之後勉強平安的摩利，實在無法置身事外。以小早川的意外為開端，平河千秋在十月造成的事件，也加重摩利的煩惱。

那個事件之後，摩利曾經向達也發牢騷。雖然她預先聲明自己知道這不是達也的責任，但她的牢騷總歸來說，就是「小早川的意外是否真的沒辦法防止」。

達也擁有這個疑問的答案。

答案是「沒辦法」。

他並非全知全能。不對，即使此時將「全能」置之度外，距離「全知」也差得遠。他的注意力光是用在深雪、自己以及自己負責的範圍就沒有餘力，無暇注意其他的事情。這點其他成員也一樣，既然小早川自己以及負責她CAD的平河小春（平河姊妹中的姊姊）沒察覺被動手腳，其他人不可能察覺。

但以當時的場面，達也也不太敢如此冷漠放話，所以用假設的方式點出另一條路。

藤林曾經數度對他說，將魔法編入作戰時，熟悉魔法的作戰成員總是不足。擁有魔法技能的人極度缺乏，所以總是被派到前線，在後方管理作戰的成員，必然盡是不了解魔法本質的非魔法師，這就是實情。

基於某些原因再也無法使用魔法的優秀魔法師，若能加入成為作戰幕僚，前線的魔法師就可以比現在更好發揮。被迫兼任前線與後勤職務的藤林，曾經向達也如此發牢騷。達也以不使用專有名詞的方式告訴過摩利。

「似乎是這樣。但摩利好像不太想隱瞞。」

「那位學姊真是的……」

「我也很高興她願意告訴我。」

達也忿恨說出的話語，被小早川真摯的聲音蓋過。

「我自己沒注意到，但我在聽到那番話之前，對自己感到絕望。雖然逞強表示不能輸，但這種想法本身，是用來瞞騙已經落敗的自己。」

小早川雙眼溼潤，大概是回想起當時的自己。不過其中沒有軟弱或自虐。

「但我聽摩利說剛才那番話之後，真的覺得眼前變得遼闊。我覺得這是我該走的路，覺得這不只侷限於我自己，和我同樣斷絕魔法師之路的魔法科高中生，都能將此當成希望。我在那個緊要關頭忽然更改志願，努力到短短半年就能考上，我覺得正是因為擁有這種想法。」

小早川再度臉紅，一定是因為覺得這番話說出口很難為情。

不過，達也不覺得聽到難為情的話語。

「所以司波……不對，司波學弟，謝謝你。」

小早川改為客氣的語氣，深深行禮。

達也臉皮沒厚到面對這一幕依然坐著不動。

他從椅子起身，敲響腳踝併攏雙腿。

突然響起的鞋聲，不只是小早川驚訝地抬頭，咖啡廳裡的少數學生，也全部向他行注目禮。

但達也沒有特別在意，無視於旁人，向小早川進行獨立魔裝大隊傳授的敬禮。

「司波學弟……」

「小早川學姊。雖然講這種話很老套，不過請加油。」

達也結束敬禮之後，沒害羞也沒露出笑容地這麼說。

小早川差點再度噙淚，但她沒哭出來，掛著微笑點頭。

「學姊，宴會開始了。」

「說得也是。那我先走了。你也加油。」

達也目送小跑步離去的小早川，再度坐下。

變溫的咖啡，也不可思議地不覺得難喝。

◇

「哥哥，讓您久等了。」

來自急促呼吸的呼喚，使達也從行動終端裝置寫到一半的草稿抬頭移開目光。

「達也學弟，你在寫什麼？」

抬頭的達也，不只是深雪向他說話，還包括將裝著畢業證書的圓筒（這種東西依然還是使用紙張）抱在胸前，笑咪咪的真由美。

「在系統層面延長魔法持續時間的輔助方式，我寫下來備忘。」

「……慢著，我覺得這不是可以當成不重要而隨便帶過的主題吧？」

摩利投以傻眼的表情。達也本來想問怎麼回事，卻輕輕聳肩打消念頭。他反射性地想拿小早川的事情挖苦，但今天是由她們擔任主角的可喜之日。達也改變主意，克制這種無聊舉動。

「不提這個，各位怎麼都來了？無論是七草或渡邊學姊，我不認為會沒有人邀請兩位繼續慶祝才對。」

達也的話語讓女學生們轉頭相視，克人從後方赫然露面。

「在那之前，我們想來向你打個招呼。」

「……不敢當。各位不用專程跑一趟，我原本就打算晚點過去問候。」

「哎呀，是這樣嗎？但我以為達也學弟在宴會時一直窩在這種地方，等一下應該會若無其事地回家呢。」

真由美盡顯鬧彆扭的表情挖苦。達也即使知道這是裝的，也被迫覺得非得解釋一下。

「我不是學生會幹部，沒資格在畢業宴會露面吧？更何況是一科生的宴會……」

「為什麼啦！」

達也高談原則試圖辯解時，突然有人認真插話理論。一顆耀眼的金色腦袋撥開畢業生人群，出現在達也面前。

「為什麼不是正規學生會幹部的我，卻得要幫忙宴會的準備工作，風紀委員達也卻什麼事都不用做啊！」

找達也理論的，是完全被列為人手的莉娜。

「……風紀委員不是學生會幹部。而且即使是臨時，莉娜也是學生會幹部吧？」

「我不能接受！」

莉娜似乎也不太在意畢業生的目光，在為難的真由美等人面前一如往常地生氣。

「慢著，莉娜，別對哥哥講得這麼失禮。」

至於對抗（？）她的，一如往常地是深雪為哥哥著想的話語。不對，應該說是深雪「一如往常地為哥哥著想」的話語才對吧。

「妳是學生會臨時幹部、哥哥是風紀委員，這都是籌備畢業宴會之前就決定的事吧？何況事到如今為什麼講得像是心有不滿？妳不是很來勁嗎？」

達也不曉得是什麼事情「來勁」，不過看莉娜變得滿臉通紅，想必是引人注目的事。

「深雪，妳說的『來勁』是指？」

此時的達也，沒有「刻意不問發生什麼事」的選項。

「達也，沒事！」

「莉娜是臨時幹部，終究不方便讓她進行太花心力的準備工作，所以我們請她負責當天的餘興節目……」

「深雪！」

「雖說是餘興節目，其實不是自己表演，只要從在校生與畢業生招募志願者就好……」

「深雪，不要說！」

「不過莉娜似乎誤會了……」

「深雪，拜託！不可以說！」

莉娜拚命想打斷深雪的話語，但是看好戲的真由美與摩利巧妙阻擋她的動作。

「所以？」

莉娜過於拚命出聲阻止，使得深雪朝她一瞥，但是聽到達也催促，就很乾脆地將視線移回哥哥身上了。

「她自己帶樂團上台。大約接連唱了十首歌，氣氛炒得好熱鬧。」

「嗯，那是相當精彩的表演。職業歌手都相形失色。」

摩利頻頻點頭回應深雪的說明。

「一點都沒錯。希爾茲學妹唱得很好聽，歌喉真好。」

真由美以並非奉承的語氣，稱讚莉娜的歌。

「嗚……」

莉娜紅著臉，低下了頭。

不是生氣的表情，顯然是害羞的表情。

達也見狀感覺會心一笑。

「這樣啊……莉娜，這是很不錯的回憶。」

「……不理你了。」

撇過頭去的動作，使得她以外的眾人發出溫暖的笑聲。

（那是最後一次見到莉娜。）

畢業典禮之後，莉娜再也沒來學校。

詢問深雪得知，對Ａ班的說明是「忙著進行回國準備」。

不過仔細想想，在那之前應該就已經下達撤退命令。即使如此，莉娜還是持續上學到那天，或許是為了準備畢業宴會，盡到自己身為高中生被分配到的任務吧。

若是如此，她應該也稍微享受了高中生活。

——達也看著班機抵達時間延後的通知，思考著這件事。

第三學期於前天結束。

換句話說，第一年的高中生活結束。

達也的成績一如往常。

理論科目的分數極端優秀。

實技科目的分數相當差勁。

綜合排名是中下。

但是他也不會在意。

這一年持續被捲入各式各樣的麻煩事，卻確實朝目標接近。

也建立起意外良好的人際關係。

即使考量到連續發生事件的負面要素，今年也堪稱是非常好的一年。

今天是為了迎接其中一位好友，來到東京灣海上國際機場。

當然不是單獨前來。

他的兩側是深雪與穗香，前面坐著雷歐、艾莉卡、幹比古與美月。

雫搭乘的飛機，預定再一小時左右抵達。

「不過，從美國本土搭機果然費時。」

深雪從達也左方搭話。

「軍機不用四分之一的時間就能橫越太平洋，民航機為什麼要花這麼久？」

穗香從右方詢問。

接著……

「引擎不一樣喔。軍機會上升到大氣層外緣，民航機以安全與成本為優先。」

雷歐從正前方插嘴。

「哎呀，你明明是個毫無素養的野蠻人，居然知道這件事。」

艾莉卡如此打岔。

「妳說什麼？」

「雷歐，別這樣。」

「艾莉卡也不要動不動就打岔。」

幹比古與美月費神打圓場。總之，這都是老樣子。

此時，達也在大廳人群裡，看見熟悉的金色光輝。

達也突然起身，朋友們仰望他質疑發生什麼事。

緊接著迅速起身的是深雪。

她只比達也晚一步，看見相同的東西。

「我離開一下。」達也簡短知會之後踏出腳步，深雪跟隨在後。

穗香也連忙起身，坐在正前方的艾莉卡，卻不知為何拉住她的風衣衣襬。

「穗香，不可以妨礙。那是和勁敵的道別。」

艾莉卡沒教養地靠在椅背上，轉過身去。

她的視線前方，是發現達也之後沒逃走，反倒主動走向他們兄妹的莉娜。

「達也、深雪，你們來送我嗎？」

走到正常說話聽得到的距離時，先開口的是莉娜。

「算是吧。不過在這裡見面是巧合。」

莉娜前一陣子想不開的樣子完全消失，臉上掛著毫不矯飾的親切笑容。但是沒有完全恢復原狀的感覺。雙眼深處看得見剛來日本時所沒有的迷惘陰影。這令她在這短短期間內，看起來變得成熟許多。

「哎呀？我沒說今天離開？」

「我可沒聽說。」

深雪將莉娜裝傻說出的玩笑話給一刀兩斷。

雖然這麼說，深雪也不是不高興，臉上掛著類似苦笑的笑容。

「總之，玩笑話到這裡為止。本次受兩位照顧了。」

莉娜改為無畏一切的笑容。

「應該是『造成我們的困擾』吧？」

達也隨口挖苦回應。

「困擾的是我們……達也，你真的直到最後都毫不留情。」

「妳明明不會因為我手下留情就高興……何況，並不是『最後』吧？」

達也的詢問使得莉娜聳肩。

「天曉得。但我不認為自己可以這麼隨便離開本國。」

莉娜的聲音暗藏死心的念頭。

但深雪如同要消除她這種想法。

「不過，這不是最後。」

她插入這段蘊含堅強意志的話語。

「深雪？」

「所以莉娜，我不會向妳道別。」

「……深雪，該怎麼說，妳這樣像是在表白耶。」

瞪大雙眼凝視深雪的莉娜，臉上改為惡作劇的笑容。

「也對，或許是一種表白吧。莉娜，妳是我的勁敵。」

深雪不為所動，以堅定不移的聲音斷言。

「妳一定會握住哥哥伸出來的手。妳一定會成為哥哥的同伴。從那時候開始，才是我們真正的對決。所以我不會道別。再會了，莉娜。」

莉娜再度瞪大雙眼。而這次是露出符合她頭髮與眼睛顏色，太陽公公般的柔和笑容。

「我不太懂妳這番話的意思……不過深雪，現在的我也有種預感，覺得應該會如妳所說。所

「我回來了。」

莉娜進入海關的一小時後，雫首先說的是這句話。

「雫，歡迎回來。」

雙眼溼潤的穗香抱住雫。雫輕拍她的背安撫，目光投向達也。

「雫，歡迎回來。平安最好。」

「嗯。」

簡短的回應和留學前一樣。

「雫，妳的氣息變了。」

「是啊，變成熟了。」

不過如深雪與艾莉卡所說，洋溢的氣息相當成熟。

「是體驗了什麼禁忌的事情嗎？」

「艾莉卡！」

艾莉卡咧嘴笑著這麼說，做出反應的是美月，當事人雫只有微微歪過腦袋。這幅光景本身和以前沒變，卻明顯感覺到比以前更加從容。

「達也同學。」

「嗯？」

擁抱的穗香總算鬆手離開之後，雫走到達也面前仰望他。

「我有很多話要說。雷也要我轉達很多事。你願意聽嗎？」

「好啊，請務必告訴我。」

應該是她在美國獲得的許多知識吧。

達也如此心想。

◇　◇　◇

雫說了好久。

即使如此也沒能說完。

雷——雷蒙德・克拉克轉告的事情，不能在其他朋友面前說。

（非得受邀嗎……）

雫為了講剩下的事情，邀請達也與深雪到她家。前往大企業家「北方潮」的私人宅邸。不包括其他朋友。

對於四葉來說，這個行為的意義非同小可。

但是無法選擇拒絕邀請。她帶回的情報，是決定今後方針的必要之物。

達也在自家客廳，重新確認這個最初就定下的結論。

此時，門鈴響起。

達也聽到應門的深雪驚呼。

出現在達也面前的深雪，臉上浮現驚愕與慌張的神色。

「那個，哥哥，有客人……」

「我去應付吧？」

達也以為是不請自來的客人，準備起身——

「不，這倒不用……客人是之前在四葉本家見過面的櫻井水波。」

「什麼……？」

達也也記得這名年少侍女。

櫻井穗波。曾經是已故母親守護者的前警視廳特務；如同姊姊般親切，親自對他們兄妹灌溉愛情的女性；三年前夏天，在「那場」沖繩戰役保護達也而喪命的調整體魔法師。這名少女的面容，和他們兄妹忘不了的那名女性一模一樣。

對於達也來說，這也是他完全沒預料到的來訪者。

達也身旁是深雪，面前是身穿春天風格粉色連身裙的少女。

她——櫻井水波恭敬行禮之後，將一封信遞給達也。

達也請水波坐下，自己也坐在沙發。被她的視線催促，在水波面前打開信件閱讀。

隨著繼續閱讀下去，達也感到口腔中一股不存在的苦味逐漸擴散。

寄件人是四葉真夜。

信中，在既定的季節問候之後是這麼寫的：

『今年春天，我讓水波就讀第一高中。

所以達也，請讓水波住在你們家。

她已經具備充分的家政技能，是獨當一面的家管員。

既然要購買侍女機器人，就代表需要做家事的人手吧？你與深雪升上高二之後，我想各方面應該會很忙碌。

我叮嚀她要以住在你家的侍女身分效力，請不用客氣，將家裡的事情吩咐給她。

此外，我也打算讓水波習得守護者該做的工作。

請以前輩身分，教導她各方面的事情喔。』

感覺從紙面聽得到姨母高聲大笑的聲音。

達也摺起信紙收回信封放在桌上。「哥哥？」深雪似乎從動作感覺到端倪，關心詢問。

達也做個深呼吸，將信遞給深雪。

片刻之後，深雪喉頭發出倒抽一口氣的聲音。

水波如同等待深雪目光從信上移開，在正對面起身。

「我學藝不精，請兩位多多指教。我會依照夫人的吩咐，努力盡到自己的職責。」

水波深深低頭致意。

即使知道她是真夜派來的內應，達也與深雪也無法拒絕和穗波長相相同的她。

達也只能裝出撲克臉，向姨母這份過於苦澀的諷刺「贈禮」點頭回應。

——從四月開始的新年度，將會比以往還要風波不斷——

令人不敢恭維的這種預感，賴在達也內心不肯消失。

〔第一學年篇　完〕

The irregular at magic high school

大小姐的華麗（？）假日

西元二〇九五年十一月二日。國內籠罩著勝戰的興奮氣氛。

國防軍以祕密兵器，將大亞聯盟艦隊連同基地殲滅。這是前天晚上的報導。北京請華盛頓仲介談和，這個獨家新聞是昨天深夜在各家客廳播放。有人表示進展過快，質疑這則獨家新聞的可信度，但是只有極少數國民維持這種冷靜的判斷力。

許多國民突然成為軍事評論家，平常不關心政治的少年們，在學校高聲討論外交與現實的強權政治。

少女們傻眼、困擾的視線，只在這次沒成為遏阻力。

這股風潮不只侷限於校內。七草真由美朝著畫面裡頭不負責任地「嬉鬧」的藝人嘆口氣，關掉電視。

現在時間是上午十點。今天非假日，一般都是待在學校的時間。不過成為橫濱事變當事人的各魔法科高中，繼昨天之後繼續停課，第一高中也不例外。

先不提學科，實習課在這時期停課，真由美身為過完年就要應考的考生，內心應該感到五味雜陳。但她並非只是位於現場的當事人，而是貨真價實的當事人，因此她看開當成是生養休息的好日子——只是很遺憾，她沒能讓心情放鬆下來。

『大小姐，抱歉在您休息的時候打擾。』

大概是察覺她關掉電視吧。

對講機恰巧在這時候傳來女幫傭的聲音，真由美即使知道是巧合依然這麼想。

「我立刻開門。」

她如此回答，從椅子起身。其實只要朝HAR的語音辨識介面下令就好，但真由美不知為何沒這麼做，自己走過去開門。

門後是負責打理真由美作息起居的女幫傭。如果受到至今依然廣受支持的某種次文化感染，看到她身穿的衣服，應該會稱呼她為「女僕」……不過這套制服的裙子長到小腿肚、衣領甚至包覆頸子，背部也沒有大幅裸露，相當實用。

何況在這個家，穿這種制服的幫傭一點都不稀奇，真由美事到如今不可能覺得突兀。

「什麼事？」

她詢問這名二十五歲前後的幫傭。

「老爺找您。」

真由美聽完微微板起臉。她心想「又來了」。

明明昨天才追根究柢一直問……在心中發牢騷的真由美，聽到下句話之後歪過腦袋。

「老爺在會客室等您。」

雖說歪過腦袋，也只是內心的動作。

——會客室？不是書房？

這是真由美抱持的疑問。

「有客人？」

「似乎如此。」

雖然不到老交情的程度，卻幾乎是專屬的貼身侍從。真由美從剛才的簡短交談，就知道她不曉得客人的身分。

「幫我轉達，我立刻換衣服過去。」

「需要屬下幫忙換裝嗎？」

真由美思考片刻過後，心裡立刻有底。考量到現代的衣著文化，很少有機會穿無法獨自穿好的禮服。

「不要緊，我會好好正裝露面。」

換句話說，她就是接到這樣的命令。正如預料，幫傭聽到了真由美的回應，就恭恭敬敬地鞠躬離開。

◇　◇　◇

真由美身穿柔軟布料剪裁的連身裙，將及踝裙子輕輕拉到大腿高度，整理好蕾絲滾邊裙襬之後，輕敲會客室的門。

「進來。」

聽起來像是來自室內的聲音，是房門鑲板內建平面揚聲器播放的父親聲音。這個聲音是以幾乎無法和實際聲音分辨的精密度重現，是家人才知道的鄭重聲音。

看來今天的客人，是不能過於坦率交談的對象。

「打擾了。」

真由美戴上比平常強化兩成的淑女面具，以壓低的音調說出常規話語，靜靜入內。

就這麼低著頭窺視訪客。

坐在父親正對面的一男一女，都是她認識的臉孔。而且是不太想歡迎的那種熟面孔。不過絕對不是討厭他們。

但是，真由美並沒有將這樣的內心表露在外，掛著甜美的笑容站在父親身旁，朝兩位客人優雅地行禮。

「洋史先生，歡迎光臨。澪小姐也好久不見。」

青年在她開口之前起身。

但外表像是少女的女性依然坐著。而且沒人為這件事蹙眉。

不是裝出不在意的表情，真由美與父親弘一都不覺得對方失禮。

因為她——五輪澪坐的不是沙發，是輪椅。

但澪的弟弟五輪洋史即使沒覺得失禮，似乎也覺得內疚，答禮的語氣有些結巴。

「真由美小姐，打擾了。」

「請坐。澪小姐也坐著別客氣。」

「真由美小姐，謝謝妳。我才應該說聲好久不見。」

當事人澪反而一副不介意的感覺，以甜美純真的笑容回應真由美這番話。

洋史坐下之後，真由美陪同一起坐在沙發前緣。「這個人真的比我年長？」真由美每次見面就抱持的疑問，這次也浮現在腦海。

五輪澪今年滿二十六歲，這是絲毫沒有半點虛假的事實。但是像這樣看著她本人，就想懷疑這個事實。

雖然身高只比真由美矮一兩公分，但體型卻完全不同。若要一言以蔽之就是未成熟。過於缺乏「女人味」。

其實她並非雙腿不能動。是因為體質極端虛弱，無法承受長時間的步行。

她剛過二十歲就開始坐輪椅，但因為身體以前就很虛弱，無法充分運動，所以吃得不多導致營養不良。她未成熟的體型就是惡性循環的結果。

只隔著衣服來看，胸部幾乎沒有曲線，形容成完全平坦也不誇張。腰圍也細如少女。如果只看三圍，澪的體型近似十歲出頭的少女。

澪的臉蛋也像是配合體型般稚嫩。綜合外表與身材，她莫名給人一種沒有完全成為「女性」的印象。

但是先不提稚嫩的外表，澪大學畢業之後幾乎足不出戶，研究所也特例幾乎以線上課程修完所有學分。這樣的她今天究竟有何來意？「我想應該不會只是跟著洋史先生過來才對……」真由美暗自納悶。

「今天造訪是為了道別。」

澪說出這句話，應該是正確理解真由美眼神裡的疑惑而先行回答。

「要回到主宅？」

真由美壓抑被看透的慌張情緒（但她完全沒必要慌張）如此回問。

五輪家的主宅位於愛媛縣，澪因應就讀大學所需來到東京之後，就這樣住在東京的別墅。後來她從研究所畢業，弟弟洋史接棒前來就讀，兩人就這樣一起居住。

「也會回到主宅，不過在那之前……」

澪暫時停頓，露出隱藏內心想法的笑容。洋史表情只有些微變化，卻是不悅地蹙眉。

「我得出征了。」

「出征是指……您要參加戰爭？」

真由美在腦中將她的發音正確辨識為「出征」，不由得拉高音量。

「──恕我失禮。但是為什麼……」

真由美連忙為自己的失禮致歉，朝澪與父親投以困惑的視線。

「下週才會公開消息，但這是正式的決定。」

回應的是父親。

「澪小姐他們會先前往佐世保基地，從那裡陪同海軍走海路往西。我們也不曉得目的地，但此行是要進行示威行動，促使大亞聯盟簽訂談和條約……雖然用不著強調，但是在消息公開之前別洩漏。」

「是，女兒明白。」

真由美立刻點頭回應父親的囑咐。但她只能接受「別洩漏」這部分。

真由美明白軍方請澪出馬的理由。她是官方認定全世界僅有十三人，包含不為人知或刻意隱瞞的人數在內，傳聞也不滿五十人的戰略級魔法師之一。是日本政府公開承認，日本唯一的戰略級魔法使用者。

她的戰略級魔法「深淵」，真本事在於迎擊海面兵力，但用來攻擊地面據點也具備充足的破壞力。光是她同行，應該就能對敵人造成沉重的壓力。

但即使加上這個理由，真由美也覺得這次缺乏合理性。以橫濱沿岸遭受侵略為開端，重創朝鮮半島南端的這次軍事行動，實際上已於十月三十一日的時間點結束。除非想取得割讓領土等級的顯著成果，否則從戰略層面來看，己方這邊早已不需要反向侵略。沒有如此徹底的決心，就讓健康層面明顯令人擔憂的澪和部隊同行數週，不得不說弊大於利。

對此，真由美並非明確意識到能以話語說明，卻大致抱持這種突兀感。

「我也會和姊姊同行。」

洋史應該也抱持類似不滿吧。但既然政府如此決定，五輪家當家也已允諾，洋史就無法推翻這個決定。雖然他確定是五輪家下任當家，現在卻依然只是「下任」，在這個階段，他一個人提出異議也無法改變事態。既然這樣，自己至少要一起去幫忙姊姊。洋史臉上顯示這樣的決心。

「其實……」

澪大概是想改變弟弟洋溢起悲壯感的氣息，語氣轉為半開玩笑。

「我好想看看真由美小姐嫁給弟弟的樣子。」

這句話改變氣氛的效果十足——卻和她意圖的方向相反。

要是這句話和剛才的話題連接起來，就像是俗稱的「死亡旗標」，無法當成玩笑話。

「姊姊……」

「……對不起。」

在嚴肅程度增加的氣氛中，澪被沉痛的語氣告誡，變得消沉。

「總……總之，這件事等洋史回來之後再說。」

弘一基於主人的義務感快嘴打圓場，澪柔弱地恢復笑容，洋史與真由美難以選擇表情，結果變成面無表情。

這就是真由美並非和洋史「久違」的原因。她推測澪或許是跟洋史一同前來的原因。

洋史是真由美的未婚夫候選人之一。不對，洋史是五輪家的領袖，或許應該說真由美是洋史的未婚妻候選人才對。同為十師族直系、年齡相近、男方是繼承人、女方是哥哥將接任當家的長女，條件極佳。

其實十文字家的克人條件也相同，因此弘一想將真由美嫁給洋史或克人（一条家的將輝年紀比真由美小，所以不列入考慮）。

這當然要看當事人的意願，加上還有其他不能輕易回絕的說媒，因此還沒到訂婚的階段。但洋史與真由美在五輪、七草兩家的安排之下，是數度一起用餐、看戲的交情——兩名當事人不同於大人們的想法，完全沒這個意願，因此同時變成撲克臉。

只是真由美也知道，如果一直保持沉默，只會讓氣氛繼續變差。

「話說回來，什麼時候要出發？」

真由美試著如此提出詢問，洋史隨即藏不住鬆一口氣的氣氛（真由美對他這種不夠謹慎的個性不滿）回應。

「這週末前往佐世保。聽說是下週五出海。」

他對真由美，則是未曾感到絲毫不滿。

「這還真急……請保重，我們等待您平安回來。」

真由美以無懈可擊的乖巧面具武裝，坐著深深鞠躬。

「謝謝。」

真由美視線落在自己腳尖，心想接下來應該沒自己的事了。

「其實在出征之前，想請真由美小姐也提供助力……」

所以她聽到洋史這麼說，得花點心力調節抬頭的速度。

「我？」

真由美加入「我幫不上什麼忙」這個言外之意，刻意稍微孩子氣地歪過腦袋。她這種演技，如果是如同巨巖的那個同學應該不會在意，那個外表成熟（也可以形容為「囂張」）的學弟應該會看透並給她一個白眼，洋史卻難掩動搖，目光游移。

「不，與其說請妳提供助力，應該說是請妳提供智慧。」

不過，這招對澪並不管用。不曉得果然是對同性沒什麼效果，還是澪即使看似孩子，卻依然是「大姊姊」。

「如同真由美剛才所說，這件事很突然，沒有充足的時間先行調查。」

「說得也是，我能理解。」

澪像是打從心底困擾般輕觸臉頰。這個舉止確實「多少」有種成熟女性的感覺。不過「小孩子裝成熟」的印象更加強烈，與其說迷人，更令人會心一笑。但真由美並未對此舉鬆懈，藏起戒心點了點頭。

「以魔法對抗魔法、以魔法師對抗魔法師。我想這一定是共通法則。」

如此接話的，是受到姊姊支援（？）恢復鎮靜的洋史。他所說的「共通」應該是不問國家，日本或大亞聯盟都共通的意思。真由美如此解釋，等待他的下一句話。

「對方應該也很清楚姊姊將會同行。」

真由美點頭同意洋史這句話。更何況，日本這邊不想將澪的參戰保密，詳列尉級以上人員姓名的參戰軍官名冊，也預定登錄澪與洋史具備交戰資格。

遏阻力必須讓對方得知才能發揮效果。基於真正意義的祕密武器，不可能成為要求對方讓步的協商材料。

「對方應該知道，姊姊的深淵會令他們在海面兵力屈居劣勢，因此我們預料對方會以空軍兵力搭配魔法，作為迎擊部隊的主力。」

移動系戰略級魔法「深淵」，是將半徑數十公尺到數公里的水面，下陷為球面形狀的魔法。在海面被該魔法發動領域吞噬的艦艇，將會從陡峭水面滑落或墜落翻覆，在解除魔法恢復海平面造成的巨大海嘯中葬身海底。半徑一公里的「深淵」，最大可製作深達一公里的半球面，即使是海裡的潛水艦也能輕易捲入。

要是敵我距離太近，被推開的水會在魔法解除之前湧過來，使得己方也受創。澪的戰略級魔法雖然有這個缺點，射程卻達到數十公里的等級，堪稱是海面、海中兵力的天敵。

不過在同時，澪的「深淵」對航空兵力毫無用武之地。加上只能在廣域水面發動，攻擊陸地據點時必須先注入充足的地下水，使用時的限制也很多。

洋史提到的敵軍布陣，是沒有其他選擇的結果。

「航空兵力交給國防軍，對抗魔法師的方法非得由我們思考。」

這也是無從提出異議的事實。

先不提形式，實際上，無論是隸屬於政府、軍方或民間，日本國內的魔法師，包括現代魔法師與古式魔法師，都屬於以十師族為頂點的魔法師社群，遵守社群的自治規定。國防軍旗下的魔法師當然會同行，但他們也包括在「我們」的範疇。

「真由美小姐在橫濱看過敵方的魔法，以及擊退敵人的己方魔法吧？關於敵方使用魔法的傾向，以及有效對付敵人的魔法，希望妳將知道的情報告訴我們。」

這實在是個相當困難又棘手的詢問。提供情報的必要性毋庸置疑，真由美無法拒絕也不該拒絕，但是──

「……雖說看過敵方魔法，但我當時一直都待在後方。實際交鋒的狀況，只有在直升機上狙擊的那一次。」

實際上，加上破壞直立戰車是兩次，但真由美並非蓄意說謊，單純是沒留下印象。

洋史並非懷疑真由美這番話，卻沒以她的回應滿足。

「不過，聽說妳直到最後都竭力協助普通人逃離……」

洋史口中所說的「普通人」是指非魔法師。認定魔法師是特別的存在，斷定不是魔法師的人們是無力的存在，這種偏見只會造成雙方的不幸。真由美經常抱持這個感想。但現在不是指摘這一點的場合。

「說我『直到最後』……那是誤會就是了……畢竟我在等待直升機的時候，阻止敵人的是同學與學弟妹。」

「那麼，可以介紹實際和大亞聯盟魔法師交戰的這些一高學生給我嗎？」

真由美聽到他這麼說，率先想到的是外表成熟、囂張卻可靠的學弟。將大型卡車化為粉塵、身披耀眼想子光輝、施展奇蹟般治療技術的一年級學生。

然而緊接著，幾乎同時在腦中復甦的「國家機密」這四個字，麻痺她的舌頭。

「真由美小姐？」

澪以疑惑目光注視結巴的真由美。不只是澪起疑。先不提洋史，父親抱持質疑之意，使真由美感到慌張。

「啊，沒事……我想，造訪十文字家應該可以打聽到詳情。」

「克人啊……」

洋史個性絕對不差，甚至是善良青年，但真由美從以前就覺得他真的「人太好」。

真由美知道洋史對這名小兩歲的少年抱持競爭心與自卑感，也能理解這是在所難免。但他剛才那番話透露嫉妒之意，這部分不太值得稱讚——何況還被比自己年少的女孩發現。

真由美在心中的成績單打上「可」，進一步裝蒜。

「此外，可能幫得上忙的……大概是百家的渡邊摩利、五十里啟以及千代田花音吧。我會事先聯絡大家。」

「麻煩妳了。」

總之，老是點出對方的缺點，也只會害自己變得不愉快。

真由美制式化地列出姓名，約定安排面會。

◇◇◇

後來，真由美當場打電話給摩利、啟與花音（克人不在），和所有人約好時間，然後陪同父親送五輪家姊弟離開。

真由美由衷希望至此喘口氣，但從父親的表情來看，應該還要一陣子才能解脫。

「真由美，我想和妳談談，方便嗎？」

正如預料，就當父女倆從飯店等級的迎賓車道，回到可以辦舞會的玄關大廳時，弘一叫住了真由美。

「到書房談吧。」

他不等回應就快步前進。

弘一外表彷彿是前世紀後半的幹練實業家。體格線條真要說的話偏細，長相給人的親和感更勝威嚴，語氣也和外表相符相當柔和，但是十師族當家都對家族秉持不容分說的父權主義，七草弘一也不例外。

而且，無意義地採取反抗態度，不是真由美的作風。她就這麼維持平常不會穿的彆扭長裙連身服打扮，跟著父親前進。

書房只有古典的書櫃、厚重的書桌，以及一張高背皮椅。弘一立刻坐在椅子上，真由美必然得站著聽父親說話。這種事一如往常，真由美如今也不會在意。

「真由美剛才提到的名字裡，似乎沒有一年級學生。」

弘一毫無開場白，對站在兩公尺遠的女兒這麼說。

「但我聽說千葉家的千金與吉田家的二兒子，都算是大顯身手。」

「狡猾如狸的老爸……」真由美在心中低語。弘一的外貌比起狸貓更像狐狸、比起狐狸更像野狼，但真由美確定自己的父親絕對不是表裡如一。

「我覺得他們畢竟還是一年級，沒辦法好好向洋史先生與澪小姐說明。」

（反正名倉先生早已提供詳細報告了吧？）

真由美看著輕聲說「原來如此」的父親，如此心想。說起來，明明昨天也以同樣的方向徹底「質詢」過了，這種難纏的程度比起狸貓更像是獵犬。她暗中咒罵。

「不過，聽說他們的奮戰程度，不像只是一年級吧？尤其是那個女孩，在今年九校戰也大顯身手的——」

「深雪學妹？」

「沒錯沒錯，記得叫作司波深雪。」

感覺父親淺色無度數眼鏡的鏡框在發亮。這副眼鏡是用來隱藏右眼的義眼，但真由美曾經質疑可能暗藏某種特殊機關。

「聽說她是非常優秀的女孩。今年以首席成績入學，擔任學生會副會長，順利的話，明年會和真由美一樣成為學生會長。」

「是的，她是非常優秀的女生。而且很漂亮。」

「喔，從真由美的角度來看也這麼認為？」

「意思是從女孩的角度嗎？是的，我認為深雪學妹的美超越性別。」

弘一嘴唇稍微綻放笑容。

眼鏡後方的左眼，看不到色慾的混濁。

這更加激發真由美的戒心。

「真是不得了……不只能隨心所欲使用『冰炎地獄』或『冰霧神域』等高難度魔法，甚至能使用非常強力又特殊的系統外魔法……好想見她一面。可以邀請她來我們家嗎？」

「這……得問問看才知道。」

「說得也是，幫忙問她是否方便吧。這麼說來，記得深雪有個哥哥吧？真由美不是也說他九校戰的時候幫過妳嗎？這是個好機會，就當成順便道謝，一起邀請他過來吧。」

親和的笑容，讓人看不出背地裡的想法；有色的鏡片，讓人無法解讀眼中的意圖——但畢竟是一出生就開始打交道。既然成長到十八歲，就不會只是單方面被看透的關係。

（這才是目標吧……！）

真由美當時確實在直升機上，要求名倉允諾保密。關於達也特殊魔法的事蹟，應該不會傳到父親耳裡。

然而，她也不認為名倉完全沒說。

沒這種樂觀的想法。

老奸巨猾的名倉，應該會以不違反保密義務的方式，向雇主暗示隱藏的真相。身經百戰的父親，應該會進一步調查他提供的有限情報。

父親在懷疑他——司波達也。

而且是關於真由美不曉得、沒想到的「某件事」。

真由美也想一探究竟，但以目前來說，避諱碰觸祕密的想法比較強烈。

她下意識地害怕碰觸祕密之後，會毀掉現在的人際關係。

「這也得問問看才知道……」

現在的她，頂多只能如此回答。

◇◇◇

就這麼待在書房面對書桌好一陣子的七草家當家，聽到輕輕敲門的聲音抬起頭。

「進來。」

書房的門和會客室的門不同，沒有內藏揚聲器。以常理判斷，如同呢喃的細微聲音，沒辦法穿透厚重的門與牆壁傳到走廊。

但是沒有再度響起敲門聲，書房的門無聲無息地開啟。

進來的是白髮整齊梳攏的年邁管家——名倉。

「調查到了嗎？」

雖然問得很沒重點，但名倉走到主人身邊，恭敬遞出一張記憶卡。

弘一將這張以微米等級的細小字體印刷資料的紙卡，安裝在掃描器之後，以桌上螢幕開啟解讀的文件。

「一〇一旅獨立魔裝大隊啊……真棘手。記得是四葉熱中接觸的部隊。」

「他們似乎屢次接觸，但目的不得而知。」

「我們接觸軍方的目的只有一個吧？」

弘一這時候說的「我們」不只是七草家，也不只是十師族，是包括國內所有魔法師。

這個國家的魔法師不要求地位。十師族禁止魔法師取得國家擔保的「官方」權力。

相對的，魔法師在政府、軍方、警方或財界，對各種意義的掌權人提供魔法技能，藉以取得自身存續的基礎。不是免洗道具，是可以持續使用的道具，進而成為不可或缺的道具，晉升為操控主人的僕人。為此必須「持續被使用」、「受到他人的需要」，必須持續維持合作關係。

光靠力量，不足以得到這些東西。

鋒利的劍，會讓使用者害怕劍刃反過來朝著自己。必須具備「不背叛」的信賴關係，才能建立起持續的合作關係。

魔法師接觸軍方的目的，在於得到並維持信賴、建立並強化合作關係。對於熟知魔法師隱情的人來說，這種想法是「常識」。

不過，名倉沒附和主人這句話。

「獨立魔裝大隊是由旅長──佐伯少將所創立，目的是打造獨立於十師族的魔法戰力。隊長風間少校是批判九島退役少將以及十師族的知名人物。即使四葉是異端，屬下認為也很難拉攏這支部隊。」

名倉這番話使弘一蹙眉。

「……我第一次聽說。」

「因為獨立魔裝大隊至今沒觸犯七草家的利益。」

那你為什麼知道這種事？弘一在嘴邊收回這句詢問。

若名倉解釋這是本次調查到的情報，就無法追問下去。何況即使名倉長年服侍弘一，弘一也不把他當成七草家的一分子。對方肯定也一樣。

「……那麼，四葉為什麼接觸獨立魔裝大隊？」

弘一詢問的是另一件事。而且在詢問之後就自行得到答案。

「應該正如老爺的推測。」

名倉和弘一都沒有讀心技能。但弘一無須確認，就確定名倉和他做出相同的推論。

弘一從掃描器抽出卡片，以右手食指與中指夾著，就這樣輕輕揮手。扔出去的紙卡在空中釋放火光，瞬間燃燒殆盡。

灰燼還沒進入垃圾桶，名倉就行禮並背對離去。

七草宅邸廣大建地的一角，有一座以細長方體為基礎的建築物。簡單卻不失典雅的這棟建築物，是七草家私設的射擊練習場。

雖說是「七草家」的練習場，事實上是為真由美建造的設施。五年前，真由美在全國等級的大賽首度得獎，因而建造這座設施紀念。

從早上就累積精神疲勞的真由美，吃完午餐立刻窩在這間射擊練習場，如今已經三小時。她架著外型像是細長手杖加裝握把的特化型ＣＡＤ，不斷射擊標靶。

射穿。

破壞。

使用的不是真槍是魔法，所以不會因反作用力弄痛手，但精神上的疲勞應該更劇烈。

不過，對於累積不少鬱悶心情的真由美來說，連這種疲勞都很舒服。

真由美沒考慮步調分配一味射擊，導致回神時標靶已經用盡。她看向時鐘，後知後覺地驚訝於時間過這麼快，接著將ＣＡＤ立在架子裡，開始進行善後工作——原本想進行。

「姊姊，我們回來了！」

不過，她取下兼用為情報終端裝置的護目鏡時，突然被人從後方抱住，還沒進行善後工作就非得變更預定計畫。

「香澄，突然撲過去抱姊姊，會造成姊姊的困擾。」

「嘖，泉美真的好囉唆。」

「因為香澄沒教養。」

與其說造成困擾，只是稍微站不穩而已，但是老實說，真由美很感謝對方立刻離開（應該說有人幫忙拉開）。

「小澄，小美，歡迎回來。」

真由美在雙胞胎一如往常地拌嘴時（也可以形容為嬉鬧）再度站好，重新迎接妹妹。

「姊姊，我們回來了。」

雙手放在前方恭敬行禮的少女，是雙胞胎之中的妹妹七草泉美。留著一頭直髮及肩鮑伯頭，具備女性柔美氣息的少女。

最初撲過來的是真由美的妹妹，泉美的雙胞胎姊姊七草香澄。和泉美互為對比，是留著短髮的中性少女。

這兩人是同卵雙胞胎，但因為造型與氣氛完全相反，因此一般來說不可能認錯。

「姊姊在練習什麼？看來不是實彈的移動魔法。虛擬領域魔法？」

「應該是虛擬領域延伸型的貫穿魔法吧？姊姊最近經常練習這一類的魔法吧？」

不過，兩人對於魔法的敏銳感性相同。

真要說的話，真由美施展魔法時，是感性比理性優先，這對雙胞胎同樣是重視感性的類型。看穿發動中術式的直覺洞察力，或許比真由美更優秀。像現在也是從標靶留下的「彈痕」正確看出使用的魔法。

真由美寵這兩個妹妹寵得不得了，兩人也很黏真由美。不過大概是最近進入這種年紀，稍微傲慢的部分開始引人注目。

「話說回來，姊姊射得真不少耶。」

泉美眼尖看見標靶剩餘數量是零，有些傻眼地這麼說。

「看來是洋史先生來了吧？」

香澄咧嘴笑著這麼說。

「每次洋史先生來家裡，姊姊心情都會變差。」

真由美連忙收起表情，以免被發現亂了分寸，但她自己也不認為隱藏得很好。

總之，這兩人直覺真的很敏銳。

還是自己太容易被猜透？真由美有些憂鬱。

「但我覺得洋史先生不是那麼壞的人……」

「雖然不是壞人，但也僅止於此。那種不可靠的男人配不上姊姊。」

「泉美評分太嚴苛了啦。不然妳說，怎樣的人比較好？例如克人先生？」

「等一下，小澄，十文字和我並沒有……」

「這個嘛，雖然外貌沒有不足，但該說那位先生不懂少女心嗎？這部分有些遺憾。」

妹妹們不知為何（真由美當真如此質疑）提到克人的名字。真由美慌慌張張地想釐清她們的

「誤解」，但泉美與香澄都沒聽她說話。

「就是說啊，慢著，妳對我裝淑女做什麼啊……不提這個，我覺得男人無法理解少女心是理所當然啊。因為我們也不曉得男人在想什麼。」

「天真！香澄，妳太天真了！少女要理解男人心，等到成為情侶再理解就夠了！男性想要擄獲少女芳心，得先理解少女心才行！」

「居然說少女芳心……算了。那麼總歸來說，除了外貌還要有什麼才行？」

「果然是愛……啊，這樣門檻突然拉太高了，所以先從火熱的愛慕之心開始吧。」

「雖然從出生就在一起，但我還真不知道泉美有這種浪漫的少女情懷。我還以為妳只是很古板而已。」

「總覺得妳形容少女情懷的口氣怪怪的……唉，算了。何況不是我擁有少女情懷，是香澄太不在意了。」

「是是是，反正我不像女生啦。所以到最後，只要喜歡姊姊就好？像是服部先生？」

「小澄！妳為什麼知道範藏學弟的事？」

不知何時（應該說打從一開始）就被拋在一旁的真由美，聽到這番話終究不能不吭聲。真由美完全不記得曾經將服部介紹給妹妹們。

「他是纏著姊姊的壞蟲，所以我們當然認識。」

「小美，妳們該不會跑來偷看吧？而且，別再討論我和誰交往了啦！」

「姊姊，妳真是的。我們也要上學，當然不可能自己去偷看吧？」

（所以是使喚別人來看？）

真由美在內心發出的哀號，別人當然聽不見。不對，或許這對雙胞胎會以某種方式聽見，但是完全看不出來。

「何況我們很擔心姊姊耶。姊姊明明這麼漂亮，都已經十八歲卻沒交過半個男友……明明都要從高中畢業了。」

「我不是交不到，只是基於立場……」

真由美想宣稱自己只是不能交男友，卻察覺聽起來很像是辯解。而且是相當「丟臉」或「淒慘」的藉口。

「何……何況說到沒和男生交往過，妳們還不是一樣。」

真由美試著突然轉變話題，卻沒察覺這也是很丟臉的說法——直到遭受妹妹們反擊。

「這是因為我們才十五歲……」

「如果是接受男生的表白，今天也有兩個。但我鄭重拒絕了。讓人覺得『就是他』的對象好難遇見呢。」

「泉美太固執了啦，總之先交往看看不就好？」

「是香澄太過沒有危機意識了。香澄的異性朋友，明明不可能所有人都把香澄當成『普通朋友』……妳抱著這種悠哉的心態，遲早會嚐到苦頭喔。」

真由美自覺自己多麼丟臉，以妹妹們的對話為背景音樂，暗自消沉。

◇　◇　◇

十一月四日。

總算恢復上課的這天午休。

「會長……不對，真由美學姊，妳看起來似乎很累。」

真由美以協助善後為由，造訪學生會室。梓向她投以擔心的目光。

「嗯，是啊。但是不要緊。」

「休息到下週比較好吧……」

今天是週五。雖然週六也要上課，但三年級學生事實上可以自由選擇到校，不少學生今明兩天都在家裡用功。

「畢竟有時候，疲勞程度會超過自己的想像。」

「是啊，所以我才來學校。」

真由美的回應，使得梓詫異地歪過腦袋。

總之，她是因為待在家裡更累才會來學校，其他人應該很難理解吧。

感覺要說明也莫名難為情。

所以真由美沒回答梓的疑問，單手遮著嘴「呼啊……」輕輕打個呵欠。

雙手放在桌上交疊。

臉頰靠在手上。

對於突然趴在桌上睡起覺的真由美，感覺梓似乎瞪大眼睛感到驚訝。但真由美不以為意，安然進入夢鄉。

後記

首先由衷感謝拿起本書的各位。初次見面的讀者請以此為機會多多指教，非初次見面的讀者則請您繼續關照。

這一集是〈來訪者篇〉完結的一集，同時也是為司波兄妹一年級生活作結的最後一篇。我想在這次閒聊一些類似幕後花絮的事情，也就是《魔法科高中的劣等生》的寫作過程。

我寫作時完全沒有臨場感。從來沒有小說之神降臨，或是角色自己動起來之類的經驗。我很想至少體驗一次這種事，不過很遺憾，似乎沒得到小說之神的青睞。

我寫小說時會先思考架構，接著整理大綱，在各篇開始之前構築劇情，接著才終於著手寫內文。「這個角色在這個場面應該會這樣行動……」這種小小的章節逐漸累積，整理為〈入學篇〉或〈來訪者篇〉等完整的劇情。

不過，不一定總是如此。也會破例先冒出「我想寫這一幕」的念頭。在這種狀況，我會加入一些要素，讓劇情朝著我想像的這一幕歸結。具體舉例如下：

〈九校戰篇〉最後的共舞場景。

〈橫濱騷亂篇〉解放能力的場景。

以及這一集裡，兄妹聯手攻擊的場景。

像這樣看就很清楚，《魔法科高中的劣等生》是以達也與深雪成立的一部作品。

對於達也等人來說，這是一年級學生的最後一篇，也代表三年級學生畢業了。不過請放心，在這部作品，畢業並不等於退場。我不保證現在的三年級角色全都還有戲分，但登場的機會絕對不會少……角色數量就會像這樣不斷增加。有勞各位相關人士了。

那麼，達也等人將在下一集升為二年級。達也的立場也會大幅改變。劇情將會漸漸地呈現出可說為「魔法科高中的革命兒」的樣貌，但書名依然會是《魔法科高中的劣等生》，這部分也請各位放心。

下一集《魔法科高中的劣等生．雙七篇》也請多多指教。

（佐島　勤）

Kadokawa Light Novels

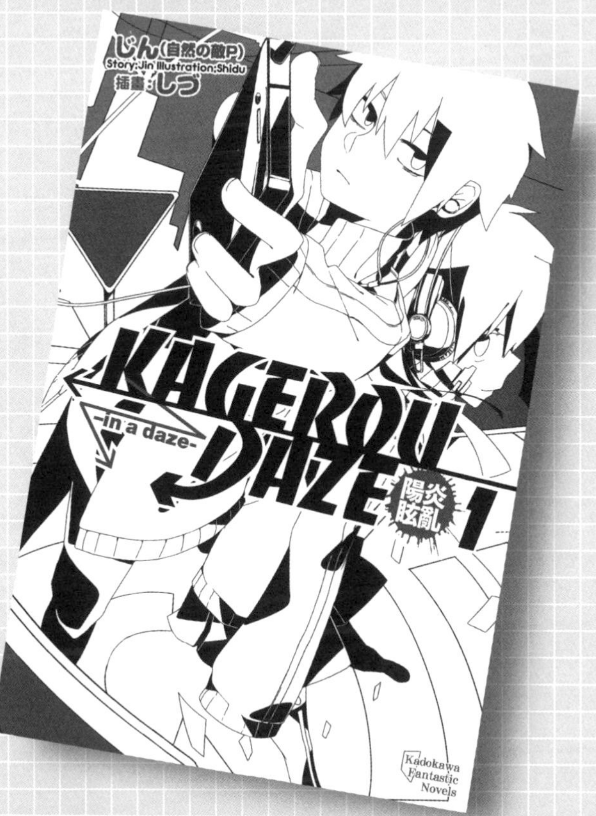

KAGEROU DAZE陽炎眩亂 1 待續

Kadokawa Fantastic Novels

作者：じん（自然の敵P）　插畫：しづ

來自NICONICO動畫超人氣VOCALOID樂曲
由原創作者じん（自然の敵P）獻上原創小說！

樂曲相關動畫播放數超過千萬的創作者じん（自然の敵P）親自創作的原創小說！串連所有相關樂曲的故事首次揭曉，引來更深的「謎團」！——這一切都是發生在八月十四日、十五日的事。全新感覺的燦爛青春娛樂小說！

台灣角川

NT$200/HK$60

Kadokawa Light Novels

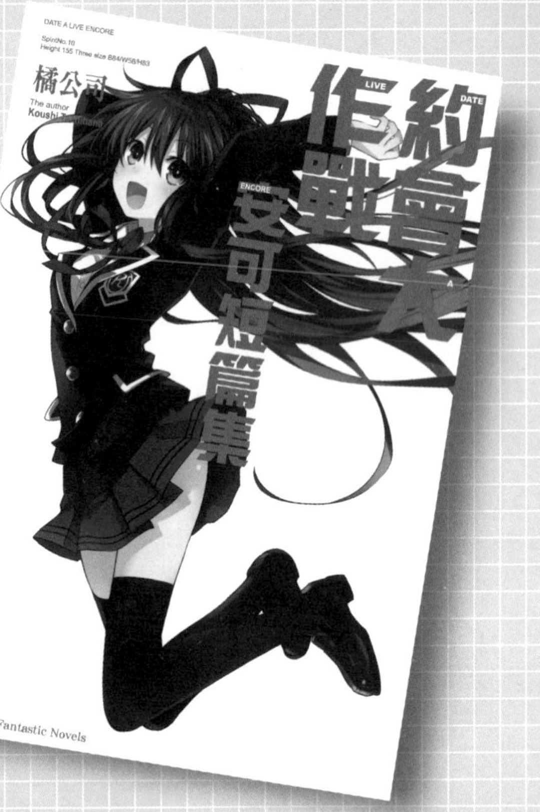

約會大作戰 DATE A LIVE 安可短篇集

作者：橘公司　插畫：つなこ

約會忙翻天！士道馬不停蹄！
《約會》第一本短篇集登場！

五河士道為了提升好感度，在遊樂場、夏日廟會、生日宴會與福利社麵包爭奪戰時和精靈們約會!?「……應……應該是學校泳裝加上狗耳和尾巴吧。」為了讓折紙討厭自己的約會!?「士道是只屬於我一個人的東西。」還要和最邪惡精靈狂三結婚!?

NT$200/HK$60

台灣角川

Kadokawa Light Novels

時雨沢恵一
KEIICHI SIGSAWA
插畫：黑星紅白
ILLUSTRATION : KOUHAKU KUROBOSHI

那片大陸上的故事〈上〉
～艾莉森＆維爾＆莉莉亞＆特雷茲＆梅格＆賽隆＆其他～

Kadokawa Fantastic Novels

那片大陸上的故事〈上〉 待續

作者：時雨沢恵一　插畫：黑星紅白

串連《艾莉森》《莉莉亞＆特雷茲》《梅格＆賽隆》
時雨沢惠一所獻上的全系列完結篇上集！

在艾莉森的目送下，特拉伐斯少校搭乘軍用機出發，機體卻發生爆炸！第四高等學校的新聞社成員，對「神祕轉學生」特雷茲展開大調查！臨時置物櫃的可疑現象意外地變得明朗，眾人逐漸被捲入重大事件……系列完結篇上集熱鬧登場！

台灣角川

NT$190/HK$58

國家圖書館出版品預行編目資料

魔法科高中的劣等生 . 9-11, 來訪者篇 /
佐島勤作 ; 哈泥蛙譯 . -- 初版 . -- 臺北市 : 臺灣
角川 , 2013.11-2014.04
冊 ; 公分

譯自 : 魔法科高校の劣等生 . 9-11, 来訪者編
ISBN 978-986-325-698-4(上冊 : 平裝) --
ISBN 978-986-325-782-0(中冊 : 平裝) --
ISBN 978-986-325-888-9(下冊 : 平裝)

861.57 102020338

Kadokawa
Fantastic
Novels

魔法科高中的劣等生 11
來訪者篇〈下〉

（原著名：魔法科高校の劣等生11 来訪者編〈下〉）

2014年4月10日　初版第1刷發行
2024年3月22日　初版第8刷發行

作　　者：佐島　勤
插　　畫：石田可奈
日版設計：BEE-PEE
譯　　者：哈泥蛙

發 行 人：台灣角川股份有限公司
總　　監：呂慧君
總 編 輯：蔡佩芬
主　　編：林秀儒
編　　輯：黎夢萍
設計指導：陳晞叡
美術設計：黃永漢
印　　務：李明修（主任）、張加恩（主任）、張凱棋

發 行 所：台灣角川股份有限公司
地　　址：104台北市中山區松江路223號3樓
電　　話：（02）2515-3000
傳　　真：（02）2515-0033
網　　址：www.kadokawa.com.tw
劃撥帳戶：台灣角川股份有限公司
劃撥帳號：19487412
法律顧問：有澤法律事務所
製　　版：巨茂科技印刷有限公司
ＩＳＢＮ：978-986-325-888-9